严肃的游戏

Den allvarsamma leken

Hjalmar Söderberg

[瑞典] 雅尔玛尔·瑟德尔贝里 著

王晔 译

中国国际广播出版社

图书在版编目（CIP）数据

严肃的游戏 /（瑞典）雅尔玛尔·瑟德尔贝里著；王晔译. —北京：中国国际广播出版社，2023.3
（北欧文学译丛）
ISBN 978-7-5078-5321-6

Ⅰ.①严… Ⅱ.①雅…②王… Ⅲ.①中篇小说－小说集－瑞典－现代 ②短篇小说－小说集－瑞典－现代 Ⅳ.①I532.45

中国国家版本馆CIP数据核字（2023）第046447号

小说1912年初版于阿尔伯特伯尼尔出版社（Albert Bonniers Förlag）。本译本据此翻译，同时参考了1920年和2012年瑞典语版本。

Simplified Chinese Translation Copyright©2023 by China International Radio Press Co., Ltd.
All rights reserved
The cost of this translation was defrayed by a subsidy from the Swedish Arts Council, gratefully acknowledged.

严肃的游戏

总 策 划	张宇清　田利平
策　　划	张娟平　凭　林
著　 者	［瑞典］雅尔玛尔·瑟德尔贝里
译　 者	王　晔
责任编辑	笈学婧
校　 对	张　娜
封面设计	赵冰波

出版发行	中国国际广播出版社有限公司［010-89508207（传真）］
社　　址	北京市丰台区榴乡路88号石榴中心2号楼1701
	邮编：100079
印　　刷	环球东方（北京）印务有限公司

开　　本	880×1230　1/32
字　　数	190千字
印　　张	8.75
版　　次	2023年6月　北京第一版
印　　次	2023年6月　第一次印刷
定　　价	59.00元

版权所有　盗版必究

"北欧文学译丛"
编委会

主　编

石琴娥（中国社会科学院外国文学研究所）

副主编

徐　昕（北京外国语大学欧洲语言文化学院）
张宇清（中国国际广播出版社有限公司）
田利平（中国国际广播出版社有限公司）

编　委

（以姓氏汉语拼音为序）

李　颖（北京外国语大学欧洲语言文化学院芬兰语专业）
王梦达（上海外国语大学德语系瑞典语专业）
王书慧（北京外国语大学欧洲语言文化学院冰岛语专业）
王宇辰（北京外国语大学欧洲语言文化学院丹麦语专业）
余韬洁（北京外国语大学欧洲语言文化学院挪威语专业）
赵　清（北京外国语大学欧洲语言文化学院瑞典语专业）
凭　林（知名学者）
张娟平（中国国际广播出版社有限公司）

绚丽多姿的"北极光"

——为"北欧文学译丛"作的序言

石琴娥

2017年的春天来得特别地早，刚进入3月没有几天，楼下院子里的白玉兰已经怒放，樱花树也已经含苞待放了。就在这样春光明媚、怡人的日子里，我收到中国国际广播出版社文史编辑部主任张娟平女士打来的电话，想让我来主编一套当代北欧五国的文学丛书，拟以长篇小说为主，兼选少量有代表性的短篇小说、诗歌等，篇目为50部左右。不久之后，中国国际广播出版社负责人和张娟平主任又郑重其事地来到寒舍，对我说，他们想做一套有规模、有品位的北欧文学丛书，希望能得到我的支持，帮助他们挑选书目、遴选译者，并担任该丛书的主编。

大家知道，随着电子阅读器和智能手机的普及，越来越多的人通过电子设备来阅读书籍。在目前的网络和数码时代，出现了网络文学、有声书和电子书，甚至还出现了人工智能创作的作品，纸质书籍受到极大冲击，出版纸质书籍遇到了很大困难。有的出版社也让我推荐过北欧作品，但大都是一本或两本而已，还有的出版社希望我推荐已经过版权期的作品，以此来节省一些成本。而中国国际广播出版社却希望出版以当代为主的作品，规模又如此之大，而且相关负责人又亲临寒舍来说明他们的出版计划和缘由，我被他们的执着精神和认真态度所感动，更被他们追求精神品位的人文热情所感动。我佩服出版社的魄力和勇气。面对他们的热情和宝贵的执着精神，我怎能拒绝，当然应该义不容辞地和他们一起合作，高质量、高品位地出好这套丛书。

大家也许都注意到，在近二三十年世界各国现代化状况的各类排行榜上，无论是幸福指数，还是GDP或者是人均总收入，还是环境保护或者宜居程度，从受教育程度和质量、医疗保障到养老、失业等社会保障，还有从男女平等到无种族歧视，等等，北欧五国莫不居于世界最前列，或者轮流坐庄拿冠夺魁，或是统统包圆儿前三名，可以无须夸张地说，北欧五国在许多方面实际上超过了当今世界霸主美国，而居于当今世界发达国家最前列，成为世界现代化发展中的又一类模式。

大家一般喜欢把世界文学比作一座大花园，各个时期涌现出来的不同流派中的众多作家和作品犹如奇花异葩，争妍斗艳。北欧文学是这座大花园里的一部分，国际文学中，特别是西欧文学中的流派稍迟一些都会在北欧出现。北欧的大自然，由于地理位置、自然环境和气候条件，没有小桥流水般的婀娜多姿，而另有一种胜景情致，那就是挺拔参天、枝叶茂盛的大树，树木草地之间还有斑斓似锦的各色野花和大片鲜灵欲滴的浆果莓类。放眼望去，自有一股气魄粗犷、豪放、狂野、雄壮的美。北欧的文学大花园正如自然界的大花园一样，具有一股阳刚的气概、粗豪的风度。它的美在于刚直挺立、气势崴嵬。它并不以琴瑟和鸣般珠圆玉润和撩拨心弦的柔美乐声取胜，却是以黄钟大吕般雄浑洪亮而高亢激昂的震颤强音见长。前者婉转优雅、流畅明快，后者豪迈恢宏、气壮山河。如果说欧洲其余部分的文学是前者的话，那么北欧文学就是后者。正如鲁迅所说，北欧文学"刚健质朴"，它为欧洲文学大花园平添了苍劲挺拔的气魄。以笔者愚见，这就是北欧五国文学的出众特色，也是它们的长处所在。

文学反映社会现实。对社会的发展其功虽不是急火猛药，其利却深广莫测。它对社会起着虽非立竿见影却又无处不在的潜移默化作用。那么，北欧各国的当代文学作品中是如何反映北欧当代社会的呢？它对北欧各国的现代化发展是不是起了推动促进作用了呢？也许我们能从这套丛书中看到一些端倪。

北欧五国除了丹麦以外，都有国土位于北极圈或接近北极圈。北极光是那里特有的景象。尤其到了冬天夜晚，常常能见到北极光在空中闪烁。最常见的是白色，当然有时也能见到五彩缤纷、绚丽多姿的北极光。北欧五国的文学流派众多，题材多样，写作手法奇异多姿，犹如缤纷绚丽的北极光在世界文坛上发光闪烁。

北欧包括5个国家：丹麦、芬兰、冰岛、挪威和瑞典。讲起当代的北欧文学，北欧文学史上一般是从丹麦文学评论家和文学史家勃朗兑斯（Georg Brandes，1842—1927）于1871年末在丹麦哥本哈根大学所作的《十九世纪文学主流》算起，被称为"现代突破"。从19世纪的1871年末到目前21世纪一二十年代的150年的时间里，一大批有才华的作家活跃在北欧文坛上。在群英荟萃之中，出现了几位旷世文豪，如挪威的"现代戏剧之父"亨利克·易卜生，瑞典文学巨匠——小说家、戏剧家斯特林堡和荣获诺贝尔文学奖的第一位女作家、新浪漫主义文学代表塞尔玛·拉格洛夫，丹麦1944年诺贝尔文学奖获得者约翰纳斯·维尔海姆·延森，芬兰批判现实主义作家尤哈尼·阿霍以及冰岛1955年诺贝尔文学奖获得者哈多尔·拉克斯内斯等。本系列以长篇小说为主，也有少量短篇和戏剧作品。就戏剧而言，在北欧剧作家中，挪威的亨利克·易卜生开创了融悲、喜剧于一体的"正剧"，被誉为"现代戏剧之父"，是莎士比亚去世三百年后最伟大的戏剧家。瑞典的奥古斯特·斯特林堡所开创的现代主义戏剧对世界戏剧产生了重大影响。戏剧是文学的一部分，所以我们在选编时也选了少量的戏剧作品。被选入本系列中的作家，有的是北欧当代文学的开创者，有的是北欧当代文学中各种流派的代表和领军人物，都是北欧当代文学中的重要作家，他们的作品经历了时间考验。

　　在北欧文坛中，拥有众多有成就有影响的工人作家是其一大特色。有的还获得了诺贝尔文学奖，成为世界级的大文豪。这些工人作家大多自身是农村雇工或工人，有过失业、饥饿或其他痛苦的经历，经过自学成为作家。他们用笔描写自己切身的悲惨遭遇，对地主、资产阶级的剥削和压榨写得既具体细腻又深刻生动。正是他们构成了北欧20世纪以来现实主义文学的主流。在这些工人作家中最突出的有丹麦的马丁·安德逊·尼克索和瑞典的伊瓦尔·洛-约翰松等。对这些在北欧文坛上占有重要地位的工人作家的作品，我们当然是不能忽略的，把他们的代表作选进了这套丛书之中。

　　除了以上这些久享盛誉的作家外，我们也选了新近崛起的、出生于1970、1980年代的作家，如出生于1980年的瑞典作家乔安娜·瑟戴尔和出生于1981年的挪威作家拉斯·彼得·斯维恩等。他们的作品在北欧受到很大欢迎，有的被拍成电影，有的被搬上舞台。这些作品，虽然没有经历过时间的考验，但却真实地反映了目前北欧的现状，值得收进本丛书之中。

　　从流派来看，我们既选了现实主义作品，也不忽略浪漫主义、超现实主义和意识流的作品，力求使读者对北欧当代文学有个较为全面的印象。从作家本人的情况看，我们既选了大家公认的声誉卓越的作家的作品，也选了个别有争议的作家的作品，如挪威作家克努特·汉姆生，他是现代挪威、北欧和世界文坛上最受争议的文学家。他从流浪打工开始，1920年成为诺贝尔文学奖得主，晚年沦为纳粹主义的应声虫和德国法西斯占领当局的支持者，从受人欢呼的云端跌入遭国人唾骂的泥潭，而他毕竟是现代主义文学和心理派小说的开创者和宗师，在20世纪现代文学中扮演了承上启下的转型角色。我们把他的"心理文学"代表作《神秘》收进本丛书。这部作品突破传统小说的诸多常规要素，着力于通过无目的、无意识的内心独白，以及运用思想流、意识流的手法来揭示个性心理活动，并探索一些更深层次的人生哲理。1978年诺贝尔文学奖得主、美国作家艾萨克·辛格说："在我们这个世纪里，整个现代文学都能够追溯到汉姆生，因为从任何意义上他都是现代文学之父……20世纪所有现代小说均源出汉姆生。"我们把这位有争议的作家的作品选入我们的丛书，一方面是对北欧和世界文学在我国的译介起到补苴罅漏的作用，另一方面也可进一步了解现代文学的来龙去脉，以资参考借鉴。

20世纪60年代中期，瑞典出现了一种新兴的文学——报道文学。相当一批作家到亚非拉国家进行实地调查，写出了一批真实反映这些地区状况的报道文学作品。这批从事报道文学创作的作家大都是50年代和60年代在瑞典文坛上有建树的人物。如瑞典作家扬·米尔达尔是这种新兴文学——报道文学的代表人物之一，他的《来自中国农村的报告》（1963）成为当时许多国家研究中国问题的必读参考材料，被译成十几种文字多次出版。他的这本书材料详尽、内容真实、记载细腻而风靡一时。还有福尔盖·伊萨克松通过访问和实地采访写出了报道中国20世纪70年代真实状况的作品。这些文字优美、内容详尽的作品为西方读者了解中国起了很好的桥梁作用。他们的作品是在我国改革开放之前来中国写的，今天再来阅读他们当时写的作品，从中也能领略到时代的变化、改革开放的伟大成就。

总之，我们选材的宗旨是：尽量把北欧各国文学史中在各个时期占有重要地位的作家的代表作收进本丛书。本丛书虽有45部之多，是我国至今出版北欧丛书规模最大的一部，但是同150年的时间长河和各时期各流派的代表作家和作品之多比起来，45部作品远不能把所有重要作家的作品全部收入进来。

本丛书中的所有作品，除了极个别以外，基本都是直接从原文翻译，我们的目的是想让读者能够阅读到原汁原味的当代北欧文学。同英语、俄语、法语等大语种翻译比起来，我们直接从北欧语言翻译到中文的历史不长，译者亦不多，水平不高，经验也不足，译文中一定存在不少毛病和欠缺之处，望读者多多包涵，也请读者给我们提出宝贵的建议和意见，便于我们改进。

本丛书能够付梓问世，首先要感谢中国国际广播出版社执行董事张宇清先生和副总编田利平先生，田总编是在本丛书开始编译两年后参与进本丛书的领导工作的，他亲自召开全体编委会会议，使编委们拓宽思路，向更广泛的方向去取材选题。没有他们坚挺经典文化的执着精神和开拓进取的勇气，这部丛书是不可能跟读者见面的。我还要感谢本书所有的编委，是他们在成书过程中做了大量工作，从选材、物色译者到联系有关国家文化官员和机构，都付出了辛勤的劳动。不仅如此，他们还亲自翻译作品。没有他们的默默奉献和通力合作，这部丛书是难以完成的。在编选过程中，承蒙北欧五国对外文化委员会给予大力帮助和提供宝贵的意见，北欧五国驻华使馆的文化官员们也给予了热情关怀，谨向他们致以衷心的感谢。对编选工作中存在的疏漏和不足，还望读者们不吝指正。

2021 年 10 月
于北京潘家园寓所

石琴娥，1936年生于上海。中国社会科学院外国文学研究所北欧文学专家。曾任中国－北欧文学会副会长。长期在我国驻瑞典和冰岛使馆工作。曾是瑞典斯德哥尔摩大学、丹麦哥本哈根大学和挪威奥斯陆大学访问学者和教授。主编《北欧当代短篇小说》、冰岛《萨迦选集》等，为《中国大百科全书》及多种词典撰写北欧文学、历史、戏剧等词条。著有《北欧文学史》、《欧洲文学史》（北欧五国部分）、"九五"重大项目《20世纪外国文学史》（北欧五国部分）等。主要译著有《埃达》《萨迦》《尼尔斯骑鹅旅行记》《安徒生童话与故事全集》等。曾获瑞典作家基金奖、2001年和2003年国家图书奖提名奖、第五届（2001）和第六届（2003）全国优秀外国文学图书奖一等奖、安徒生国际大奖（2006）。荣获中国翻译家协会资深荣誉证书（2007）、丹麦国旗骑士勋章（2010）、瑞典皇家北极星勋章（2017）等。

严肃与游戏，存在与幻灭
——代译序

王 晔

在他生命后来的阶段里，雅尔玛尔·瑟德尔贝里（Hjalmar Söderberg，1869—1941）会想起1906年的那个秋天，他称之为"地道"。他觉得自己走过了一条长长的、弯曲的地下通道，越来越窄，后来他必须爬着，他找不到出口，也看不到一丁点儿光亮。有一天他照着镜子，他才30多岁，可他觉得自己老了，每一天都老上一岁。

雅尔玛尔·瑟德尔贝里是瑞典最伟大的现代作家之一。他生于斯德哥尔摩的一个公务员家庭，是小说家、剧作家，也曾在斯德哥尔摩等地当记者。

虽然母亲曾为他的文学志趣忧心，但他的从文之路颇为顺畅，20岁前后便开始在《每日新闻》等报刊发表短篇小说、诗歌和评论。他一生著有《错觉》（*Förvillelser*，1895）、《马汀·别克的青春》（*Martin Bircks ungdom*，1901）、《格拉斯医生》（*Doktor Glas*，1905）和《严肃的游戏》（*Den allvarsamma leken*，1912）这四部中长篇小说，约90篇短篇小说，《雅特露德》（*Gertrud*，1906）等3部戏剧。在一场严肃的婚外情游戏后，他抛开对诗歌、文学和情色的幻觉，南下哥本哈根，在那里写时事评论并研究基督教史。

写了又写的情与爱

无法找到第二个瑞典作家像瑟德尔贝里这样不厌其烦地在文本中启用情爱素材。他有一则脍炙人口的短篇小说,题目就叫《亲吻》,写女孩和男孩初吻前微妙的心理活动,他写得更多的是幻灭的情与爱。

瑟德尔贝里笔下的情爱,炙热而执着时仿佛宗教体验,比如格拉斯医生的单相思、雅特露德对爱的执念,前者是地下的潜流,后者是地表的激流。"爱,它到底是什么",雅特露德也说不清,相反,她觉得爱是个奇怪的字眼,听来古怪,不像真正的瑞典语。爱,它到底是什么,若拿它说明父母对子女的怜惜,意思不含糊。若将其聚焦于情侣,则无论用什么语言来解释,都会让人迷失在语词里吧。

雅特露德需要完满的爱,三个男人都没法让她满意,她似乎注定要处于孤独之中。《错觉》的男主人公、一名医学院学生游走于女人之间,抛弃一个,让另一个怀了孕。《马汀·别克的青春》的内容部分基于童年记忆,是瑟德尔贝里在文学上的一次突破,包含对两性关系和生命意义的探讨。《格拉斯医生》以世纪之交的日记铺展出一起谋杀案,牧师的婚内强奸、海尔嘉的婚外通奸、格拉斯的单相思都让瑟德尔贝里看来越发像书写情爱的专业户。1940年代,有评论家将瑟德尔贝里的最后一部小说《严肃的游戏》称为"我们的文学中最好的爱情小说",这一说法近百年来被看作赞誉,可它也一定会误导出对《严肃的游戏》的表面化阅读。

瑟德尔贝里的情色故事并非纯白色。即便《亲吻》那样的纯爱素描,也没用单线条,而是加入了时而敌对的心理活动。而《严肃的游戏》里作为前奏的夏日恋曲中有海水的波光和星星的闪亮,是全书最纯粹而浪漫的篇章,可还有些别的。有嫖妓经历的阿维德在回味莉迪亚片刻之前的亲吻时,怀疑莉迪亚已非处女之身。莉迪亚与阿维德十年后的旧情复燃里没有罗密欧和朱丽叶的纯粹,一次次交欢,阿维德期待身体外更深的连接而求之不得。像是画一个不曾画完的圈,像证明对当下存在状态的不满,唯独不像纯爱。

瑟德尔贝里本人的婚外情既为他提供了海尔嘉、雅特露德及《严肃的游戏》的女主人公莉迪亚的原型,也提供了故事。就像瑟德尔贝里过早抛开文学一样,他一面将情色作为观察和描摹的对象,一面层层剥开情色的外皮。那些摊开的外皮无言地暗示,情色是人活着会经过的试炼之一,它在一些瞬间帮人超越日常的绝望,给人不同时期的状态着色,而最根本的,它只是让人理解存在的滋味。瑟德尔贝里一再书写情色,终究是写它如何现出原形、灰飞烟灭。

严肃的游戏

单从情节看,《严肃的游戏》说了一段陈腐的婚外情事。年龄相仿的莉迪亚和阿维德在夏日海岛相爱。阿维德不愿过早地受到拘束,不确定这段情和以往的有何区别,不能在经济上支撑婚姻。秋天到了,虽说对莉迪亚日思夜想,他没去找她,而让命运决定一切。可当他听说19岁的莉迪亚嫁给51岁的名学者时,感到了撕心裂肺的痛。日子是往前走的,命运将阿维德放进一桩不错的婚姻,并且他过得很幸福。

夏日恋情只是一道背景,真正的故事十年后才开始。那时秋已走远,在寒冷的冬夜,阿维德和莉迪亚偶然重逢,旧情复燃。不久,莉迪亚离了婚,到斯德哥尔摩独居,她完全无意和阿维德做夫妻,而是周旋于几个情人间。阿维德不堪面对真相,踏上南下的列车,远离伤心之地。

小说人物几乎都有原型。莉迪亚的原型叫玛瑞尔·冯·普拉腾,19岁时结婚,30岁时离开55岁的贵族丈夫和11岁的儿子,在20世纪初从南方北上斯德哥尔摩追求文学梦。她以一封女粉丝的信搭建起与风头正健的"马汀·别克"的联系。两人的婚外情从1902年持续到1906年。玛瑞尔同时与另几位男作家有或长或短的桃色关系。这个摩登女性对瑟德尔贝里构成毁灭性打击。得知情敌之后,他不得不立刻逃离丑闻,逃离故乡。《严肃的游戏》因此常被读作一个男人因为对一个尤物的激情而自我破碎的故事。可或许这只是误读。

叫"莉迪亚"的森林宁芙

1922年夏,在《严肃的游戏》出版十年后,瑟德尔贝里收到一封来自莉迪亚·斯蒂勒女士的信,她发表过一两首诗歌,问大作家是否因此才对这个姓名有印象,借用到自己的小说里。大作家对这奇怪的巧合吃惊不已,他回复说,莉迪亚来自贺拉斯的文字。

贺拉斯诗集里有不少情诗,莉迪亚出现在四首诗里。

诗里的"我"以局外人姿态描述莉迪亚的情感故事，又时时藏不住情绪化表达。诗歌讲述一名男子迷恋莉迪亚，以致忘记了职责，爱使他善妒，流出最苦的胆汁。到第三首，嫉妒发展为复仇的欲望，莉迪亚老了，不像从前那般令人垂涎。最后一首诗里的对话透露，"我"和莉迪亚也有过一段情。"我"想知道，爱情的钟声若有机会再次为往昔的情侣敲响，会怎么样。可如今，莉迪亚身边有另一名男子，诗人正与金发的克洛伊在一起。贺拉斯问，若古老的维纳斯回来了，金发的克洛伊给扔了出去，一扇门为莉迪亚重新敲开，会怎么样？在很大程度上，《严肃的游戏》演绎了为莉迪亚重开一扇门的故事，阿维德金发的妻子达格玛成了现代小说版的克洛伊。

贺拉斯的莉迪亚是恺撒和奥古斯都时代诗歌里常见的喜怒无常而妩媚诱人的女人，总是周旋在暴风雨般的情人关系里。古罗马的莉迪亚来到北欧的自然和文学环境下是个什么样呢？和莉迪亚偷情日久的阿维德有一天给自己斟上一杯酒，在书房里来回踱步。妻子就在门外，而他想起几行诗来：

> 而那个人，他的心让森林宁芙偷走
> 永不会返还。
> 月光下的梦，占据他的灵魂，
> 他没法爱一个人类的妻子……

男人非要投入森林宁芙那巨大的诱惑中不可，尽管将无法再爱一个人类的妻子。

重归斯德哥尔摩的莉迪亚不再是夏夜的天真少女，她不在父亲膝下，也不在丈夫跟前，她的第一个婚外情人不是阿维德。成了阿维德的情妇后，她和其他男子发生了关系，其中一个在圣诞日早晨自杀，因为不久前，当阿维德在莉迪亚那里过夜时，这人按了门铃，吃了闭门羹。按当时社会的逻辑，有私生子并对妻子不忠的阿维德只是陷入了中产阶级男子的生活常规，莉迪亚则被看作对男性有杀伤力的蛇蝎美人。然而社会的逻辑随着时代的发展不断改变，对莉迪亚的看法也在改变。1973年，有瑞典女作家出版小说，采用了莉迪亚的视角，并将故事挪到20世纪中期。

无论如何，阿维德也在莉迪亚那儿吃了闭门羹后，他看着自己的幼女，竟冒出这样的疑问："长大了你会变成什么样呢，我的孩子——一个达格玛，骗来一个男人，而后和自己的战利品一起安顿下来，还是一个莉迪亚，诱惑一个又一个男人，从不安顿，直到年老和死亡终止这样的运行……？"

你只是得到，你并未选择

最初开始创作同一题材的小说时，瑟德尔贝里将故事定名《莉迪亚的过失》。若将小说情节狭义地误解为婚恋纠葛，卷入纠葛的所有人都有过失。这游戏里有一条以情爱之名包裹的欺骗链条。莉迪亚的丈夫用富贵"买下我作为合法的情妇，怀孕和孩子则不在他的项目之内"；达格玛用谎言让阿维德就范；阿维德和莉迪亚不曾忠实于夏日恋情，各自成婚后不曾忠实于婚姻。当然莉迪亚对道德观做出的挑战最大，在阿维德看来，是莉迪亚"勾引"了男人，还让其中一个送了命。

感情纠葛里的错只在表面，深处是命运里无法避免的错。许多要素出现在生命道路的两边，像树上的果子，人以为自主地摘取它们，却往往是不得不如此，一定会如此。

有人曾询问瑟德尔贝里，书名到底是偏于"严肃"，还是"游戏"，得到的回答是：两者一样重要。

地产大亨的女儿达格玛对阿维德有兴趣，报社同事麦克尔说："你要小心！从前是男人找女人，那是旧风俗了。如今是女人来给自己找个男人，而她会不择手段！"阿维德很快就对诱惑投降，她给他提供年轻和美丽，不接受便是傻瓜。与阿维德上床之前，达格玛问："你爱我吗？"而他自然是回答："我爱你。"阿维德觉得，不这么说无法开始床笫之欢。爱呀爱的……他已失去了"自己的初心"。他认为："至少要花上七年才来得及长出一颗新的来。可一个人自然的本能并没有因此而休眠，远远没有。"几乎每一晚，她都潜入他的公寓。即便如此，阿维德一再表示不会结婚。最后，达格玛跟他哭诉，父母得知了两人的关系而震怒，她只好说他俩已秘密订婚。阿维德上门赔罪，做了这一家的女婿。多年后，他才明白，父母震怒和秘密订婚的戏码由达格玛自编自导。

麦克尔提醒过阿维德：你利用她以及她的爱满足自己的感官欲望。这符合人性。可这是卑鄙的……你不想结婚，不想，你也结不起。不过，这不取决于你想怎样，而取决于会发生什么！人并不选择，人选择命运之少就像人选择父母或自己，选择体内的力量、性格、眼睛的颜色、大脑的卷积。每个人都明白这一点。人也谈不上选择自己的妻子、情人或子女。人得到他们，拥有他们，也会失去他们，然而人并不选择！

那不存在的湖泊

莉迪亚问阿维德:"你能告诉我吗,陶尼泽湖在哪儿?"阿维德觉得耳熟,却想不起来是在哪里听过或读过:"我不知道,不过,这多半是德国或瑞士的某个地方。怎么了,你打算去那里?"莉迪亚说:"我想去,要是我能弄明白它在哪儿。"紧接着,他俩有如下的对话:

"按说不应该太难吧?"

"我估计那不容易,"她说,"昨晚我醒着,想起《当我们死人醒来时》里的一段。始终听到耳边有句话:'可爱的,可爱的是陶尼泽湖的生活!'而后我想,这片湖显然不存在,这也许正是它可爱的原因。"

"哦,是这样啊,我想你是对的,这样的湖一定不容易从地图上找到。"

事实上,在嫁给名学者前夕,莉迪亚给阿维德寄去一张小卡片,上边画着秋色中的水面,又说她真想到远方去。那远方的湖一定不会出现在人所生活的环境里。可爱的湖,它在易卜生的那出戏里和美好往昔一同出现,是存在着幸福的地方。莉迪亚想到那里去,不像要返回过去,更像要获得眼下和未来的幸福。

幸福在哪里呢,在哪里?它就在阿维德和达格玛的婚姻里。

阿维德和达格玛从命运中得到的婚礼于1904年2月10日举行。那一天报童奔走在街头,于暴风雪里高喊:号外号外,俄罗斯和日本交战!显然这不是瑞典常见的有六月新娘的明媚婚礼,这场婚礼在暴风雪之日,婚礼的主角未必不是疯着，天疯着，世界疯着，像一场大闹剧里套着小闹剧。

然而，在关于阿维德和达格玛婚姻的段落里，集中出现了三次和幸福相关的表述："阿维德和达格玛·宣波罗姆在一起过得非常幸福"，"阿维德和妻子过得很幸福"，"不过除此之外，他们在一起过得非常幸福。而岁月流逝"。这恐怕就是命运中的许多婚姻的状况，没有多少人会自寻烦恼，把脑袋伸进"除此之外"的袋子里，看里头有些什么。

十年后，阿维德和莉迪亚在斯德哥尔摩歌剧院偶然相遇，中场休息时，他俩的手伸出来，找到彼此。沉默。而后，她低声说："你幸福吗？"他沉默了片刻回答："我想没有人真的幸福，可不管怎么说人得继续活着，尽己所能。""没错，"她说，"没错，人是得那样。"他们没再说什么。阿维德以自己的语言诠释了瑟德尔贝里以世俗标准颁给他的幸福奖状。

地下通道

十年后，他俩共度一夏，像是对海岛夏日做遥远的呼应。在同床共枕前，莉迪亚说："这个夏天我们一起有过的一切，再也不会有了，再没别的了……"阿维德觉得他们能永远相爱，莉迪亚拿眼睛笑了笑："能，当然，永远、永远。或者，至少直到明天清早！"如此，她率先点穿了情爱的虚幻，而她也早已用追逐其他情人的行动来粉碎爱的幻觉。

情爱闪耀着绚丽光芒时或能让人战胜自身的残忍、狡猾和欺骗，然而这不意味着情爱中不含残忍、狡猾和欺骗。

情爱的魔力消散时，那些大大小小、有意无意的残忍、狡猾和欺骗显现出来，像融雪下的一切。情爱会变，灵魂是，人也是，在变幻着的时间和环境中变化。人在生长，灵魂在生长，从软到硬，从单纯到浑浊。仲夏夜，少年格拉斯亲吻了初恋，而在医生的回忆里，那个时空是失落的天堂。也是夏夜，十年前阿维德和莉迪亚在星星闪亮时亲吻；十年后，他俩从偷情的狂喜跌入冷漠的背叛，这一前一后恍若隔世。

瑟德尔贝里并未局限于所处时代对男女的双重标准，他无法改变社会的倾向性，但他最大限度地赞美了女性，无论雅特露德、海尔嘉或莉迪亚，都是男士仰慕的对象。海尔嘉无辜而美好，雅特露德执着而热烈。瑟德尔贝里不太理解的是莉迪亚，从阿维德的视线看去，十年后的莉迪亚矛盾而冷漠。而她们都是玛瑞尔的化身。

因为妻子的疾病和经济压力，瑟德尔贝里婚姻的院落里火星四溅，和玛瑞尔的情事如火上浇油。瑟德尔贝里自述这段情是自己一生中最具决定性的事件。而玛瑞尔在信中跟人表示，她从未爱过作家本人，只爱上了马汀·别克。

《严肃的游戏》对死去的激情做了防腐处理。如果说斯特林堡和他笔下的男人多以仇恨结束和女人的关系，瑟德尔贝里和他的男主人公们多以分手和伤痛来了断。《严肃的游戏》将自己扮成情色悲剧，可它不过是诉说生而为人的悲哀。出了问题的并不是婚外情和婚姻，婚外情对于阿维德的婚姻并没有致命作用。出了大问题的是莉迪亚和阿维德的情和爱，它从夹杂谎言的真情演绎到满是谎言的假意。这是世上不少人与事的状态。这不意味着人得否定一切，只意味着并非一切都是人以为的模样。摘树上的果同时是自愿的和被迫的。人生中的不少抉择和行动与此相似。

"在他生命后来的阶段里，阿维德·宣波罗姆回想起这个秋天，1908年秋，他自己称之为'地下通道'。他觉得自己走过了一条长长的、弯曲的地下通道，越来越窄，最后他必须爬行……并且，他找不到出口，也看不到哪怕是最微弱的一道光亮……他突然觉得自己老了。似乎每一天都老上一岁。"情色所铺就的很可能是这样的地下通道。

苦涩而彷徨的男子们

瑟德尔贝里时常聚焦世纪之交和现代化大潮中缺乏行动力的男子，来自韦姆兰乡间的阿维德是其中的代表。

阿维德对都市现代性时有困惑，身处保守的中产阶级传统和新时代女性的夹击之间。他在经济上不够独立，不能随心地娶他所爱的女人，又无力抵御富家千金的诱惑。记者身份增加了他的自信，却无法消除他的困顿，他效力的报社本身出于经济原因处于风雨飘摇之中，而又竭力报道着世界的风风雨雨。阿维德顺水推舟地完成了对婚姻及婚外情的选择，像无以果腹的人摘下长在必经之路边上的果子，他选又没得选，却早晚得选。这人看上去苦涩而彷徨，自作自受、自相矛盾，也正因如此，才契合了人的普遍弱点，促生了作品经久不衰的生命力。

小猫雅各布和美德

瑟德尔贝里的文字率真而优美，没有同时代作品难以摆脱的道德宣讲，也给读者充分留白，开放的文本和他对事物难免怀疑的态度相当吻合。关于道德，瑟德尔贝里写过这样的插曲：

> 儿时的我对善恶还挺了解，后来忘了。儿时我确信小猫抓老鼠很乖，嘴里叼着小鸟走来就太淘气，我对这些就跟知道二二得四一样确信……记得某年夏天我们住在乡下，那是个星期日，我们受邀去教区长家就餐。餐桌摆在花园里。突然……黑白斑点的小猫雅各布气定神闲地走来，嘴里叼着只小燕雀。教区长震怒，起身在整个花园里追逐小猫，好将美德鞭打到它罪恶的皮毛里。与此同时，烤鸭凉了。猫爬到了一棵树上，牧师带着悬而未决的案子走回来：实在抱歉，朋友们，我急躁；看到猫将它那食肉动物的牙齿咬在无辜的小鸟身上，我内心十分不安。给我夹块鸭肉，亲爱的妈妈！

带着对道德的模糊性的洞察力，瑟德尔贝里从不对道德问题做简单的回答。当他不得不直面这些难题时，往往用诙谐和讽刺来应对。那并不意味着圆滑和失真，有时反因为逼真而显得尖锐，就比如阿维德在海岛夏夜亲吻莉迪亚之后那段关于处女贞操的联想。

被严肃对待的虚无

在留下的照片或图画上，瑟德尔贝里总一脸严肃，像一个命中注定的苦恼人，偏这苦恼人严肃地跌入了一场玩不起的游戏。

瑟德尔贝里很欣赏中国诗歌，有人因此觉得他的精神世界里有着从中国文化中感染的些许特色，比如说带着忧郁的宿命论。

处女作小说《错觉》的黑白线描看似简单却意味深长，不乏幽默，基调冷而悲，其后的作品里的诸多元素、主题，对人生怀疑的态度都已深埋下去。像土里的水仙花球，一旦三月春暖便冒出绿叶，开出相同又不同的花。男主角难定生活方向，站在深渊边。他也想走向大众认可的幸福和成功，可这条路上荆棘丛生。

接着的几部小说都涉及男主人公不被祝福的爱情，不愿适应主流模式，又不得不随波逐流的无奈，都书写了人与存在的搏斗。

《马汀·别克的青春》的忧郁里时而闪过清洌的思想光亮。马汀本想成为诗人和自由思想者，而冬夜冻结了诗歌、幻想和青春。瑟德尔贝里以食物置于冰上给粘住作比，又写道："我曾渴望在巨大的激情之火中燃烧。它从没来过，要么是因为我不配获得这么大的荣誉。"后来马汀怀疑这样的火更像快乐之火，火却不是他的元素。他只和冰雪相关，"一旦真正的春天的太阳进入我的生活，我很快会腐烂"。最终，马汀走入永不消散的冬雾。小说带着瑟德尔贝里内心的悸动呈现了幻灭。

《格拉斯医生》让一名医生坦露一生中的重要经历和情感。年已三十，渴望崇高的爱情又一日日被空虚吞噬。年轻而美丽的牧师太太海尔嘉向医生坦白婚内强奸、无法离婚的隐情，希望医生帮她找个借口，好拥有身体的独立。格拉斯医生很快明白海尔嘉的婚外情人是谁，却没停止对海尔嘉的单恋。牧师让医生给弄死了。牧师的消失并不意味着活着的人的难题消失，海尔嘉遭到情人背叛，对格拉斯医生内心的挣扎一无所知。一切结束时，除了寒冬和空虚，再没有别的。

青春片段还未从记忆里消失，现实婚姻无法消除灵魂的困顿。阿维德几乎是个不错的男人，工作勤恳、对他人友善，按生活惯性对待妻子，但他找不到更大的生活意义，和莉迪亚的偷情成了一管麻醉剂。他背叛妻子又被情人背叛。从一场游戏中醒来，他发现周围是可怕的虚空。

《格拉斯医生》里运作的是离奇的谋杀情节，在《严肃的游戏》里，情色也以软刀子杀人，但整个故事距日常世界很近而更具普遍意义。它的动人之处还在于对梦想和现实的双重远离，对是与非的不置可否。

瑟德尔贝里曾企图寻找两个灵魂和两个身体完全融合的情爱。斯特林堡让爱情变成一场权力争斗，瑟德尔贝里则让男女在生命的舞蹈中相吸相斥，曲终人散而见生之虚空。

如幻如梦、无法驾驭，情色如此，人生和世界亦如是。《严肃的游戏》里个人情感的虚无只是大世界虚无的一个缩影。在更大的世界里，报社随时有倒闭的危险，挪威闹着和瑞典脱钩，欧洲弥漫着战争风云。这并非刻意杜撰的背景，而是一段陈腐的婚外情的现实基础。也因为对报社生态、瑞典时事的着墨，让婚外情纠葛有了更大的意义，一个小虚空处在世界这一个更大的虚空里，这是瑟德尔贝里传达的叹息，他的思想和感知并不积极，却是真实的、现代的，因而能传至久远。他和他的男主人公一样与世界有天生的游离，而这样的他也是同时代人忠诚的记录者和敏锐的心灵观察者。带着压抑的悲哀和不情愿的宿命感，看穿了谎言和幻觉的他，曾于斯德哥尔摩的石子路上，在克拉拉教堂的钟声里踽踽独行。

想做社会的灵魂

情色和人生问题上的幻灭感没有让瑟德尔贝里彻底遁入书斋，比怀疑和幻灭更强大的是他的真诚和勇气。1922年问世的第三部戏剧《命运之时》以一次大战为背景，包含对战争爆发机制的分析，描绘了人文主义与民族主义、军国主义的斗争。1930年代，瑟德尔贝里呼吁世界沉睡的良心，反对狂热主义和好战思想，强调纳粹主义意味着文明的最终衰落。瑟德尔贝里对1930年代德国事态的洞察引人瞩目，如阿维德年轻时梦想成为的那样，他被誉为社会的灵魂。他对纳粹主义和好战思想的警惕，在今日仍有现实意义。

瑟德尔贝里过早抛弃文学创作对世界文学来说是一大损失。从翻译语种的数量、图书借阅量、再版数、影视和舞台上的亮相频率看，瑟德尔贝里的小说是瑞典乃至北欧文学中最具生命力的。在十大瑞典小说名单中，他的书就占了两本，即《格拉斯医生》和《严肃的游戏》。他写出了瑞典文学中最完美，最温婉、深刻而敏锐的书页。文本折射着时代，不机械、不被动，以文学虚构调动了自身的观察和体验。他的记录自然流畅又暗藏精巧构思，让夏和冬都传达出象征的意义。在他年仅30岁前后留下的文字里有许多难以复制的成分：明澈如赤子，诗意和激情如青年，洞察人的虚伪和生的虚幻如垂暮老人。他描摹时代画卷，人的行动、情感和国内外时事以及斯德哥尔摩的建筑和四季互为生命的证人。克拉拉教堂的钟声今犹在，阿维德和达格玛走过的桥也在，莉迪亚挽着未婚夫走过的动物园岛的小径仍是个美丽的地方。值得一提的是，从1890年代初开始，瑟德尔贝里出色地翻译了不少诗歌和小说。这些诗人和作家包括敏感的J.P.雅各布森、颓废而精于审美的波德莱尔、怀疑论者海涅、古典自然主义者莫泊桑。瑟德尔贝里仿佛按自身的色调挑选了他们。我总觉得那个尖刻而锐利的麦克尔和看似懦弱的阿维德是瑟德尔贝里的两面，麦克尔谈起混乱的意大利局势时说："我们生活在一个好战的时代，兄弟。'奸淫，奸淫，还是战争和奸淫！没别的能成为时髦。'莎士比亚这么说。今天仍然适用！"

译者简介：王晔，作家、翻译家。瑞典作协会员。著有散文和短篇小说集《看得见的湖声》《十七岁的猫》《象牙的船，白银的桨》，文学评论集《这不可能的艺术》等；译有小说《格拉斯医生》《海姆素岛居民》《尤斯塔·贝林的萨迦》《在遥远的礁岛链上》等。《万象》《文汇报·笔会》《书屋》等报刊作者。在《文艺报》设有文学专栏"蓝翅街笔记"。2016年获得瑞典学院翻译奖。2019年获得中国"出版人杂志"主办的书业年度评选文学翻译奖。

I

"我无法忍受这样的念头,有人等待着我。"

莉迪亚通常独自游泳。

她觉得这样最舒服,并且这个夏天,也没有谁好一同游水。她无须担心,父亲就坐在附近高处的岩石上画他的"多岛海主题",并且替她留意不会有什么人擅自靠得太近。

她涉水向外,直至水面稍许没腰。举起手臂,她站立着,手交错于颈后,直至水中波纹平滑地舒展开去,在海浪里映射出她的18岁。

而后,她朝前弯下腰,往外向着翡翠般清澈的深处游去。她享受着海水承载自己的感觉——她觉得自己那么轻盈。她平和而悄无声息地游着。今天,没见着一条鲈鱼,不然,她有时会和它们玩耍。有一次,她离鱼儿那么近,几乎伸手就能捉住一条,结果她让鱼背鳍刺着了。

重回岸上,她拿浴巾快速裹住身子,接下去就是等阳光和夏日微风来把她擦干了。于是她在一块让海浪磨得平滑的石头上把身体展开。先腹部朝下,让阳光烧在背脊上。她的身子其实已彻底晒成了棕褐色,脸上也是。

就这样,她任思绪游荡。她意识到,很快就是午餐时间了。今天吃煎火腿和菠菜。估计味道会不错,不过在眼下这也还是无济于事,午餐时间反正是一天里最无聊的时段。父亲终归说不上几句话,而她的兄弟奥托只是坐着,无语而忧郁。没错,奥托有自己的烦心事,他想当工程师,可在这里,工程师这条路实在太拥挤了,所以他将在秋天启程去美国。唯一在餐桌边说点什么的是菲利普,可他说不上一句能让她打起精神去听的话——他谈得最多的不过是先例、法律策略、晋升，诸如此类没人感兴趣的废话。似乎他说这些只为了总得有人开口。他一面这么说，一面拿一双近视眼找寻盘子里最好的几块吃食。

无论如何，她当然很爱父亲和兄弟们。古怪的是，和她如此钟爱的至亲一同坐在桌边，会是那么不舒服……

她翻了个身抵着背躺下，手搁在脖子底下，眼睛盯着头顶的一片蓝。

她想：蓝天，白云，蓝与白……我有一条带白色蕾丝的蓝裙，我最好的裙子，可这还不是我如此喜欢它的原因，我喜欢它不是因为它好，而是因为别的，因为*那一次*，我穿着它。

那一次。

她接着想，他爱我吗？当然，当然。他当然爱我。

可他当真爱我吗——当真？

她记得不久前的一次，他俩单独坐在丁香灌木围成的凉亭里。他突然试着做了个大胆的爱抚动作，可把她吓坏了，不过他立刻意识到自己走到了错误的路上，因为他抓起她的手，那只她用来防卫的手亲吻，似乎要说：原谅我。

当然，她想，他确实真的爱我。

她继续想下去：我爱他，我爱他。

她想得那么用力，嘴唇随着想法蠕动，想法变成一声喃喃细语：我爱他。

蓝和白——蓝和白……而海水泼溅——哗啦——哗啦……

突然，她意识到，正是那个夏天让她第一次察觉独自游水有多么惬意。她琢磨着这到底是什么缘故，可这样确实很舒服。要不然，姑娘们结伴游水时，她们肯定会不停地叫啊、笑啊，带来一片生机。独自一人则更惬意，周围一派寂静，只听见击打岩石时海水的激荡。

而当她穿衣服时，她哼起了一支小曲：

　　有一天和我并肩站立
　　牧师会询问你
　　你是否愿做我
　　选定的爱侣

不过她没唱出歌词，只哼了旋律。

最早是哪一年，已久远得让人记不清了，画家斯蒂勒一直在斯德哥尔摩多岛海的深处租住同一座红色的渔民农舍。他画松树。那时大家都说他发现了多岛海的松，正如爱德华·贝里发现了北瑞典的白桦林。斯蒂勒最喜欢将他的松树置于雨后的阳光里，那时枝条在阳光下润湿而闪亮。不过，他既不需要雨天，也不需要阳光来把它们画成这样，一切已了然在心。他并不拒绝让夕阳的光线以红色的反射燃烧在瘦弱而淡红的树皮上，朝着树梢头，或停在扭转而打结的枝条上。60年代，他在巴黎赢得一枚奖章。他最著名的一幅松树图悬挂在卢森堡画廊[①]，还有那么几幅收藏于瑞典国立博物馆。而今，朝着90年代末，他早已过了60岁，逐步退到推进着的竞赛的背景里。不过他继续坚韧而勤勉地工作，在整个艰苦的人生中，他一直如此，并且，他也懂得如何卖他的松树。

---

① 巴黎卢森堡宫的画廊。

"绘画可谈不上什么艺术，"他总这么说，"40年前我就跟眼下画得一样好了，可卖画，那是门艺术，掌握它需要时间。"

秘密挺简单：他卖得便宜。这么着，他经营得相当不错，领着妻子和三个孩子过得挺好，并且他对上帝虔敬，对他人友善。如今，他鳏居也有好几年了。矮小、青筋突出、骨瘦如柴，健康而微红的皮肤这里那里透过蓬乱的胡须露出来，他自己活脱是一株苍老的多岛海松树。

绘画是他的职业，可他的挚爱是音乐。有那么一阵子，他非常陶醉于拉小提琴，梦想洞悉小提琴发展轨迹上被遗忘的秘密。那是很久以前了。不过，他喜欢在周六晚间的海岛舞会上，嘴角叼着烟斗，拉他的小提琴。

有机会在四重唱组合里担当男低音时，他十分高兴。这是今天晚餐时他兴致勃勃的原因。

"今晚要歌唱，"他说，"男爵已来过电话了，说他要和阿维德·宣波罗姆还有罗文先生一道过来。"

男爵在海湾对面有一块自己的领地。算算出身名门之人，男爵是离他们最近的邻居。大学生阿维德·宣波罗姆和法务书记罗文是男爵的客人。

莉迪亚匆忙地起身去厨房忙活。她感到脸颊热辣辣的。

"我可不想跟着一起唱。"菲利普嘀咕着。

"那就不唱好了。"父亲嘟囔了一句。

事实上，这个四重唱组合有一些问题：有两个第一高音。老头儿斯蒂勒仍是不错的次低音。男爵扬言，无论哪个声部，他都能唱出"同样惊人的悲惨"，不过他还是留在了第一低音。宣波罗姆唱次高音。第一男高音的荣誉和责任由菲利普和罗文分担。菲利普的高音轻而柔，绝对抒情，而罗文有一种强大的高音，在罗文强有力的声音下，菲利普纤细的嗓音完全给淹没了。据罗文说，歌剧院曾想聘用他。同样地，菲利普骄傲于自己在更精细的段落里的不可或缺。因为竞争对手的里拉琴上只有两根弦，强音和最强音，外加法务书记罗文先生热情的歌唱气质有一个敌人：在巨大情绪的威力下，他会唱错音，甚至嗓音嘶哑。

奥托打破了桌边的沉寂，"嗨，"他说，"你反正会跟着唱的。一个男高音，听着别人唱，自己能把嘴闭上，这种事可从未听说过。"

"你总可以唱适合自己嗓音的部分。"父亲说。

菲利普有些闷闷不乐地坐着，挑着盘里的菠菜。他想，他可能会说服自己唱《你为何如此遥远》①，或许也可以唱《热闪》②。他记起上一次他们唱"你为何如此遥远"，罗文唱破了音，男爵突然用音叉碰响了潘趣酒杯，而后说道："闭嘴，罗文，让菲利普唱这一首，因为他*能*！"菲利普记得，那一次自己唱得那么优美，动听得跟融化了一般。

莉迪亚回到了餐桌边。

"我打听到了我们晚餐吃些什么，"她说，"还是火腿，此外有波罗的海小鲱鱼、鲱鱼、土豆以及奥托的鲈鱼。就是这些了。"

"还有烧酒和啤酒、潘趣和白兰地。"奥托补充道。

---

① *Warum bist du so ferne*，德语男声四重唱小夜曲，作曲阿道夫·爱德华·马施纳（Adolf Eduard Marschner），作词奥斯卡·波恩哈特·沃尔夫（Oskar Bernhard Wolff），歌名亦作 *Gute nacht*。

② *Kornmodsglansen*，丹麦语男声四重唱小夜曲，彼得·伊拉斯姆斯·朗格-米勒（Peter Erasmus Lange-Müller）作词、作曲。热闪，指夏秋晴空出现的闪电。

"很好,难道我们还需要别的吗?"老头儿斯蒂勒说,"这些可都是来自上帝的美妙礼物。"

当男爵的小航船从海岬背后露出来时,八月的太阳已开始降落。风已静下来了。帆给收了,男人们在划船。靠近登岸桥时,他们放低船帆,不再划桨。男爵用音叉定好调,当船儿在静静的海浪上轻轻摇摆,船上的三个男人唱起了贝尔曼①的三重唱:

> 翻腾的巨浪起伏不再猛烈,
> 风神的呜咽变轻,
> 当他从岸边听到
> 我们的曼陀林。
> 月皎洁,
> 水面闪光、平静而清凉。
> 丁香、素馨
> 四处散发着它们的芬芳。
> 那金绿色的蝴蝶,
> 优美地闪烁在花上,
> 蠕虫很快将从沙砾里爬出,
> 蠕虫很快将从沙砾里爬出。

歌声清澈而动听地在水上穿过。两个原本坐在船上往外头布着延绳的老渔民,这时停下手上的活,倾听着。

---

① 贝尔曼,指卡尔·迈克尔·贝尔曼(Carl Michael Bellman,1740—1795),瑞典诗人和作曲家。

"好极了！"老头儿斯蒂勒从登岸桥这边喊道。

"的确，你唱得真不错，罗文，"男爵说，"除了蠕虫爬出那一句，让菲利普来唱更合适。哎呀，大家好啊！你好吗？老伙计，有白兰地吗？威士忌我们带上了。你好，亲爱的美好、美丽又甜美的莉迪亚小姐，么，么！"他一面说一面朝莉迪亚频频抛去骑士做派的飞吻，"男孩子们，晚上好！"

弗劳提格男爵有一张晒成了褐色、饱经风霜、如戏剧中的强盗般的脸，带着一副尼布甲尼撒①式的黑色大胡子。他很快就要50岁了，不过因为日子闲适，保养得还很年轻。悲伤和担忧并没粘在他身上。他其实有过很多遭遇，他自己总说，最糟的是那一回在亚利桑那因为偷马给吊了起来。没错，年轻时他是家里的不祥之鸟，在世界很多地方尝试过幸运的各种形式。他多才多艺，出过旅游书，里头充满新鲜而迷人的杜撰，也为他赢得了文字的声名，他创作的华尔兹还曾在宫廷舞会上演奏。几年前，他继承了一笔遗产，便在多岛海置下自己的小领地，摆出一副农人模样，把时间消磨在狩猎海鸟和姑娘上。不过他对政治也感兴趣。在最近的那次选举中，他是自由派的国会议员候选人，说不定就当选了，如果他仅仅是明白在戒酒问题②上表达出明确观点的重要性。

---

① 尼布甲尼撒二世，约公元前604年至公元前562年在位的新巴比伦国王。学界的研究指出作家从哪里得出了有关胡须的结论并不清楚，但并非源自歌剧里的人物形象，因为相关歌剧在作家生前尚未在瑞典演出。也不是源自威廉·布莱克的名画《尼布甲尼撒》。

② 19世纪末20世纪初瑞典的自由派掀起了戒酒运动，而男爵是个喜欢享受生活的人，因而很难支持戒酒。

穿着一件白得晃眼的法兰绒西装,头戴一顶形状不明、又脏又旧的草帽,男爵跳上登岸桥,把四重唱组合在自己周围。罗文先生,那位在海关工作的法务书记,看起来挺气派、金发、皮肤白里透着淡红、微胖,像个漂亮的玩具娃娃。他摆了个姿势,试着发出几个高音。大学生宣波罗姆是个宽肩膀的韦姆兰小伙,眼睛深邃,更喜欢退在后头。老头儿斯蒂勒和菲利普加入演唱,男爵定了调,在"歌手的旗帜再次升起"的歌声里,歌队朝上头的红房子走去,在那里,瓶子和玻璃杯在小阳台的蛇麻藤间闪烁。

天色越来越暗,在那苍白的北部天空上,明亮的八月夜的星星在闪烁,是小山羊[①]。

莉迪亚倚在阳台栏杆上。这一晚的大多数时候,她都在厨房和阳台间跑来跑去,忙于处理那些罐子——这是她对瓶子、杯子以及其他家用器具的统称。只有她一人在服务,在他们家做了12年的老仆人奥古斯塔每逢有客人来,就像一只滚烫的铁熨斗滋滋冒气,原则上坚决不肯露面。

而现在,莉迪亚有些累了。

一支又一支歌已在这静夜里回荡过,夹杂了两个男高音之间在一些小问题上的争执,不过这些争执随后让碰杯声消解,杯子里注入了三种清凉的酒。眼下,歌手们坐在阳台长凳上平心静气地说着话。莉迪亚站在那里,看外头灰色的薄暮,听他们谈话,不过她几乎听不清他们说些什么。她的眼里满是泪,她的心感觉沉重。每当她看见他和其他男人在一起,就觉得自己所爱的人始终那么遥远。尽

[①] Capella,中文称五车二,御夫座的一个双星系统。

管他就坐在离她不足三步之外。

她听见父亲的声音：

"弗劳提格，你去展览会了吗？"

这是1897年的博览展览会之夏。

"去了，我昨天去看了一会儿，因为我正好在城里，这是我的老习惯，我可是看过至少一百场大型世界博览会的，我进门就问，肚皮舞者在哪儿？竟没一个跳肚皮舞的！我简直要昏过去了。而后我看了看艺术展。顺便问一句，你有什么东西在那里展出吗？"

"怎么会呢？我从不展出，我反正是卖画。可我上个礼拜进去看了看，那里也的确有些值得看的。有个丹麦人画了一轮太阳，老实说根本不能直视，不然会弄疼眼睛。画得好！不过天晓得，你根本没法跟上并且弄明白这些现代艺术的把戏。我老了。干杯，罗文！你怎么不喝啊，宣波罗姆，干杯！80年代的某个时期，我意识到自己太不时尚了，想跟上时代。太阳光已经过时了，人们开始对我的松树产生厌倦，所以，我弄出了'多云天的一排外屋'，试图把它卖给菲尔斯滕贝里也就是哥德堡博物馆，可你们想得到吗，它进了国立博物馆，至今还在那里。于是我满足了，回归我那老旧的一套。嘿！"

"干杯，亲爱的老无赖，"弗劳提格说，"对于世界的乐趣，你我都是见过底的人。罗文，他只会朝高处看，因为他是男高音，而宣波罗姆还太年轻。年轻人只看得见自己，认为我们这些年长的不过是画里的陪衬物罢了，是不是，阿维德？"

听到这名字，莉迪亚跳了起来，阿维德，怎么可以有别的人也这么叫他？

"干杯!"宣波罗姆应道。

"打起精神来,孩子,"男爵继续说,"你坐在那里想念韦姆兰家乡的山峦吗?"

"那儿可没什么值得一提的山。"宣波罗姆说。

"是吗,我怎么知道呢?"弗劳提格说,"我哪儿都去过,除了瑞典。说起韦姆兰,它和我一直没什么联系,除了我祖母年轻时爱上过盖耶①。可他把她给甩了,是这么回事,盖耶带着我祖母在那里的一片湖上滑雪,是不是有个弗瑞肯湖?没错,就是它,他们在弗瑞肯湖滑雪,在本世纪初的某一年。多半是1813年吧,因为那一年是冷冬。总之,我祖母摔倒在冰上,盖耶得查看她的腿,而那两条腿比他以为的粗多了、壮多了。于是火焰灭了!可我祖父是铁矿业主,一个讲实用的男人,不谈什么审美,他要了她。这就是我姓弗劳提格,有我存在,而且坐在这里享受自然之美的起因,哈。"

有那么一会儿,法务书记罗文露出很明显的担忧。他咳嗽,清嗓子。然后他突然站起身,开始唱"迷娘"里的一段咏叹调。他动人的声音听起来格外饱满,音调格外柔美:"天真无邪而幸福的她,不曾料到,感激之火,很快变成了爱⋯⋯"

莉迪亚已走到阳台底下的沙石路上,她从一株刺檗上采花,又将花儿在指间碾碎。这时候阿维德·宣波罗姆起身站在阳台的栏杆处,正是莉迪亚适才站过的地方。莉迪亚缓缓走下通往花园的小路。灌木间已是一片暗黑。她在丁香凉亭入口处停下脚步。她能听见罗文先生的声音:

---

① 埃里克·古斯塔夫·盖耶(Erik Gustaf Geijer,1783—1847),出生于韦姆兰省的瑞典作家、诗人和作曲家。

"来吧,哦,春天,染红我亲爱的人儿的脸颊,哦,我心爱的……"

没错,在高音B那里,声音有些嘶哑。

她听见沙上的脚步声。

她听得出这些脚步。她非常清楚那是谁。而她躲进了凉亭里。

一个低低的声音:

"莉迪亚?"

"喵!"凉亭里传出了声响。

可她立刻就后悔了,觉得自己太傻,竟然像一只猫一样喵了一声。她不明白自己为何那么做。她朝他张开手臂:"阿维德,阿维德。"

他们长时间地吻在一起。

当他们不得不停下来时,他低声说:"你有那么点在意我吗?"

她把头埋在他胸前,不出声。

过了一会儿,她说:"你看见那颗星了吗?"

"看见了。"

"是黄昏的长庚星吗?"

"不,应该不是,"他说,"这个时刻长庚星已紧跟着太阳落下去了,而这颗星该是卡佩拉。"

"卡佩拉,真是个好听的名字。"

"的确,是很好听,意思就是山羊而已,为何叫它山羊,我不知道。我其实什么也不知道。"

他们默默站着。远处传来长脚秧鸡的声音。

他说:"你怎么会关心我的呢?"

她再次把头埋在他胸前,并不吭声。

"不觉得罗文刚才唱得很动听吗？"他问。

"是，"她说，"他的嗓音好。"

"不觉得弗劳提格很有趣吗？"

"是，听他说话很逗，他这人显然一点儿也不坏。"

"不坏，恰恰相反……"

他们紧靠着站在一起，摇摆着，仰头看星星。

而后，他说：

"然而，是因为你，罗文的嗓音才打战，情感让他不知所措；也是因为你，弗劳提格才坐在那儿扯他的谎话。他俩都爱着你。现在你明白了，所以，你可以选了。"

她笑出声来，吻他的额头。

过了一会儿，仿佛是说给自己听的，她悄声道："如果有谁能知道，这里头都有些什么……"

"兴许里头也没有什么奇妙的，"他说，"有时也不总是知道了更好……"

她深深地盯着他的眼睛回答："我*信*你，对我来说，这就够了。只要冬天里你能去斯德哥尔摩，而我们能时不时见上一面，我就满足了。你是在北拉丁学校实习吧？"

"是，"他说，"应该是去那里。我当然并不打算当教师，这个职业实在太让人郁闷了，可既然我现在有文学学士学位，我愿意当实习老师。之后，我大概会一边等待一边当代课老师。"

"哦，等待，等什么？"

"我也不知道。也许什么也等不到。等待适合做些什么的机会，不管将来怎样。不，我实在不想当教师。我没法想象那是将来，*我*的将来。"

"嗯，"她说，"将来——谁知道那会是什么呢……"

他们在静谧的星星下默默站立良久。

而后，她想起他在阳台上和其他人在一起时说过的话："在你的家乡韦姆兰果真没有高山吗？我还以为是有的。"

"没有，"他说，"它们比这里的山高一些，但那里没有真正的山。而我也不喜欢山——当然我喜欢爬山，可我不喜欢给夹在山里头活着。人们谈论山地风景，可我以为得称之为山谷风景。人是活在山谷里的，不是山顶上。大山挡住了太阳，就像小巷里的高房子那样，所以在我的家乡，整个下午大多弥漫着冰冷的蓝色暮霭。只有正午很短一段时间，那里确实很美，那时太阳在南边，或是略早些，在克拉拉河冲积平原正当中，便有美妙的阳光照耀美好的一切，朝南看，阳光在开阔的河谷上，你会觉得那边就是世界。"

莉迪亚听得有些心神恍惚，她听到了"阳光""那边就是世界"，她也听到了田里长脚秧鸡的声音。

"没错，世界，"她说，"世界，阿维德，你觉得，你和我有一天能创造一个属于我们自己的小世界吗？"

他回答了，这回是他有些走神：

"我们总可以试试。"

突然，阳台那儿传来男爵的声音：

"歌手们！歌手—们！干了！干了！"

她拿胳膊拢住他的脖子，对着他的耳朵低声说："我信你，我*信*你，而且我可以等。"

而弗劳提格的声音又传了过来："歌手—们！"

他俩沿着不同的花园小径匆匆回到阳台，这样他们看上去完全来自相反的方向。

莉迪亚站在她那扇打开的窗前，看外头夏夜的天空，眼里噙满泪水。她能看见外头的海湾里，在月光里的、带走了歌手们的那条船。歌手们歇在船桨边，正为她献上一支小夜曲。

他们在唱《你为何如此遥远》。法务书记罗文的男高音在寂静的夜里美妙地回荡，男爵同时负责男低音和次低音，至少，他自己这么认为。在这两人的声音之间的，是她能追随的、心爱的人的嗓音。

> 为何你如此遥远
> 哦，我的爱！
> 轻柔闪烁的星星
> 哦，我的爱！
> 月亮已弯腰鞠躬准备
> 从静静的圆舞中退去
> 晚安，我甜蜜的爱
> 晚安，我的爱。

莉迪亚跌落在一把椅子上，因为幸福和疲劳而哭泣。突然，她从小镜子下端一根钉子上取下挂着的一个小小的老式而带绿松石蓝色瓷手柄的镀银花托，拿亲吻和眼泪把它给打湿了。这东西是她母亲的，母亲曾把新娘捧花放入其中。

歌声停息，船儿在船桨整齐的划动中滑向远处。罗文和宣波罗姆划桨，而弗劳提格掌舵。可能是因为他们仨都爱着同一个姑娘，也可能是因为别的，没有人说上一句话。

掌舵的男爵脸色阴郁。他坐着，正琢磨自己说过和不曾说过的话。他是求婚了还是没有？说到女孩本人，他还没直接跟她求过婚，只是模糊地让她感到、瞥见，她是他第一次的真爱。可喝酒喝到最后，他独自和老头儿斯蒂勒坐了一会儿，这么着，他一定说了什么更明确而关键的话，因为他清楚地记得老头儿斯蒂勒回答："你和莉迪亚？结婚？你还要不要脸，你这老混蛋！"

法务书记罗文一边划着右桨，一边望着星星。他回顾着这一晚上自己唱过的所有歌曲，并且确信，他唱得能让任何一颗心都不得不融化。没错，有那么几次，他的声音有些颤抖。可不管怎么说——不管怎么说！他觉得自己有理由期待最好的结果。

文学士阿维德·宣波罗姆闭着眼睛划着左桨。他想起莉迪亚在凉亭里说的一些事。她说：我*信*你。没错，上帝啊，那当然十分美好！非常美好而令人愉悦，假如这句话就到此为止……可接着她又说：我可以等。那可就不好了，不好！我无法忍受这样的念头，有人等待着我。如果有这么个念头始终悬在我头上，那么，我可就什么也别想做了……

况且，他继续琢磨，我22岁，我所有的日子正铺在眼面前。捆住我自己，整个一生！不，人得小心，可不能给系死了。人至少得先活上一阵。

不过与此同时，他想起她的吻，一股温暖的浪蔓延他的全身。可他开始疑惑她还是不是处女。

在这样的思绪里，文学士阿维德·宣波罗姆坐在那里闭着眼睛，咬着牙关，划着左桨，船桨在宁静的夜的水里，水面反射着云杉树梢和星星。

这是10月初乱云飞动、灰暗而静止的一天。

阿维德·宣波罗姆沿着动物园岛的一条小路往前走，路边都是榆树黝黑而倾斜的枝干，树木和枝干沿着斯堪森公园①的光秃而崎岖的山岩下、那寂静的动物园岛泉湾的岸边绵延。他已将展览馆区甩在了身后。

展览几天前就结束了。他稍稍驻足回望。"古老的斯德哥尔摩"②的布景墙已因风吹雨打剥落损坏，每一天里，花哨的夏季市场那好看的走道都在遭受破坏。带着四座尖塔的工业大厅色彩缤纷的圆顶仍然耸立在这一切的上方，而最西端，太阳刚从云层的一个缺口中穿出。它低低地挂着，在远处笼罩着城市的薄雾边缘射出一道光亮，像陈旧而发白的银色，镀着的颜色有一半已消失了。

阿维德·宣波罗姆朝着太阳、城市和展览馆投去深长的一瞥，"别了，我们再见"，而后继续走他的路。

最近他已开始在北拉丁学校实习，主要教授瑞典语、历史与地理。几乎与此同时，通过一个叫麦克尔的远房亲戚，他在一家很大的日报社谋得校对员和志愿者的工作。不过眼下他并没有考虑这些，他一边走，一边想着莉迪亚。

醒着的时候，就不曾有一日，很少有一个小时，她没有走入他的脑海的。他常想：这一定是爱，恐怕不会是比

---

① 斯堪森公园（Skansen）是瑞典斯德哥尔摩动物园岛上的大型户外民俗博物馆，1891年成立。

② 斯德哥尔摩展览中包含了有关重建16世纪斯德哥尔摩的部分。

爱更少的别的……不过他已决定不会在斯德哥尔摩和她联系，而是让机缘来提出建议。在橹玛岛的最后一夜，他们并没做出任何承诺——当然，那时，他们不知道那会是夏天最后的一次见面……不管怎么说，他还是觉得不能到她府上拜访。老头儿斯蒂勒和那兄弟俩不过是把他看作夏天的熟人，假如他突然出现在南斯德哥尔摩那间小小的画室公寓，他们会有些吃惊。他们自然会意识到，在他和莉迪亚之间有点什么。因为无论菲利普、奥托还是那老头儿都不会认为他是为他们而来的……

不行……

一只已开始在秋天换毛的灰白色松鼠突然轻跳着、舞蹈着出现在小路上，它一屁股坐下，好奇着、逗弄着，带着阿维德看来有些故意卖弄风情的羞涩。阿维德停下脚步，盯着这小动物纯黑的珍珠般的眼睛。不过，这大概把松鼠给吓住了。它瞬间爬上了一棵树，一阵风般飞快地绕着枝干盘旋而上……

阿维德沿着这条路走过西瑞园，一直走到玫瑰谷，而后右转，在那里，他的面前伸展出好几条路径，他漫无目的地选了其中一条。

不行，他不能上门拜访她。也许他该写信给她，请求在某一处见面，比如在这里，在动物园岛。这不会被认为是什么冒犯，毕竟有夏天的亲吻……可是……

可是他不愿写信跟她要求什么，而他自己什么也不能提供给她。他毕竟还一事无成，什么也不是。

阿维德·宣波罗姆并不是没有自负，但他缺乏自信。他并不觉得自己是失败者或一文不值，但他不相信，至少在他现在所能看到的未来，他能向周围的世界展示自己可能已拥有的价值。最糟糕的是，他并不真敢相信自己的情感。以前，他也爱过好几次，可也都过去了……

不，最好还是等待时机，让机缘来做主导……

他停下来，拿手杖在尘土飞扬的路上画起线条。

可这事能有什么结果呢，会是个什么呢？婚姻，他肯定不去想。可要是"勾引"她？

试图那么做，他是想都不敢想的，如果他成了，他肯定会失去对她的全部尊重，如果他不成，他会失去对自己的最后一点尊重。

然而，然而，哦，上帝啊，我是那么想她！只要能偶尔见见她，偶尔见见她……

没错，秋天里他其实见过她一次。那是国王在位25周年纪念日的晚上，有彩灯，有烟花，人山人海，于是人几乎动弹不得。马车载着欧洲最帅的国王，那个约70岁的男人经过时，他给挤在新桥广场连着比尔耶尔大街的那个角落的人群里，国王站在马车上，像征服了罗马的胜利者。看到这一切，一个脑子犯糊涂的餐厅老板因为对无政府主义者的恐惧疯狂地喊叫起来："他们要谋杀国王，他们要谋杀国王！"紧接着的那一瞬间，他看见莉迪亚的脸就在几步之外。可他给卡在人堆里，甚至没法抬手来跟她打个招呼，他只能点点头，而帽子还在头顶上！想起这一幕，甚至现在他都觉得脸红。不过，她看见他了，点头回了礼。

而后，拥挤的人流推着他俩往相反的方向去了。

整个晚上，一小时又一小时，他漫无目的地在街上到处走，希望能再次看见她……站在激流街边的码头上，他看见对着激流河的皇宫翼栋顶上有小小的黑色剪影移动。那是国王和他的王室宾客从那儿赏看烟花。阿维德周围的人群里突然出现了一阵骚动,他听见有人说国王在歌唱。"《恶魔罗伯特》里的一曲咏叹调。"另一个人说。阿维德觉得真听到了空中有类似竖琴的声音。

可他没能再看见莉迪亚……

真怪,我再也没看见她,他想。这些我在有可能遇见她的所有大街小巷闲荡的全部时日里。

他确实几乎每天都在西长街来来回回走上两三趟。她住在城南,总有到城北的时候。而要到城北,她必然要走西长街。有时,他也试着走新大街或船桥。可也许在那些天里,她偏巧走了西长街吧。

像今天这样,他走着走着一直到了动物园岛,实在不同寻常。

他坐在了一把长椅上。

他坐的地方还亮着。近旁没什么大树,假如想读点什么,亮度还足够。

阿维德·宣波罗姆突然想起大衣口袋里有几本小书,买这几本书是有特定原因的,就是说他非读不可。一天晚上,他和几个朋友在一起,这些人是些代课或实习老师,话题转向宗教教学。他们有一点基本共识,就是担心以基督教作为道德教育基础存在着问题,因为对多数学生来说,这个基础在毕业前就会动摇而坍塌。他们希求改变却很难在解决方法上达成一致。有人提到一些对宗教持中立态度的道德书籍的存在,这些书已在法国的公立学校投入使用。阿维德突然来了兴致,立刻订购,恰巧在今天,书店把书寄到他手上了。他大衣口袋里的就是这样的书。

从这些书里,他到底图些什么呢?他自己也不清楚。

当然不是因为他对书写道德课本有什么特别的兴趣。光是这样的标题就足以让整本书显得可笑。可不管怎么说……不管怎么说，似乎他感到这里还是有一个要解决的问题……要填补的一处空白……究竟*如何*解决问题，他还一点头绪也没有，也不清楚自己算不算解决问题的合适人选。

天空终于在最后一刻放晴，一片苍白的秋日余晖洒在两三棵黑松间空着的长椅上。他坐在长椅上阅读。

他收到的书有两本，一本是给小学的（从外在装饰能立刻看出），另一本是给更高年级的。

他先拿出那本小学读物。"道德教育手册，A.布尔多著[1]，众议院主席。"

阿维德吃了一惊。议会主席！法国第三号人物！比部长会议主席位置还高！他能坐下来给他那伟大祖国穷苦的小学生们写上这么一本小书！这不单给人留下深刻印象，实在是让人动容。

他开始阅读：

"我的孩子们，道德教育能教育我们现在的行为举止，以及今后怎么成为一个诚实和体面的法国人，就像在我们之前活过的那些人一样。"

"咦，嗯，就像在我们之前活过的那些人一样？嗯？"阿维德继续翻下去：

"愚昧者最大的不幸是什么？愚昧者最大的不幸在于他不明白自己的立场有多么可悲。"

什么？……

"知识为何有价值？知识有价值是因为它让我们更容易

---

[1] 奥古斯特·布尔多（Auguste Burdeau，1851—1894），法国政治家，哲学教授。

成为体面的人。"

咦，什么，什么……

"对每个人来说，还有什么是和衣食一样有益的吗？没错，有一些东西正是和衣食一样对人有益，那就是*道德教育*。"

阿维德的头开始发晕。纯粹是开玩笑！这位A.布尔多先生，众议院主席，全法国第三号人物其实是个说笑话的老家伙吗？真可以给法国男孩灌输这样的东西吗？对瑞典的男学生这么做可绝对不行……不，说真的，读这样的玩意儿显然是浪费时间。也许他是个称职的众议院主席，可这玩意儿，显然，他一点也不知道这类书该怎么写……但要说怎么写，我其实也不知道……

他一边走神，一边继续翻着书页，读到这样的内容，诸如教师是公务员（粗体字），代表着*政府*；对清洁问题的敦促；以及一些对拿破仑三世和第二帝国的批评，等等。

直到他停在最后一页：

1.我们天然地会去爱的是哪些人？首先是我们的父母，其次是我们认识而且对我们好的人。

2.我们并不认识却还是会爱的是哪些人？我们爱自己祖国的同胞，虽说不认识他们。

3.更远一些的，我们还应该爱谁？我们还应该爱所有人类，即便他们不是法国人。

4.我们能爱德国人吗？我们很难爱那些伤害了法国，并在阿尔萨斯-洛林压迫法国人的家伙。

5.对这件事我们该怎么办？我们应从德国人手里把他们抢走的我们的兄弟解救出来。

6.在解放了阿尔萨斯-洛林之后，我们是否能做德国人对我们做过的那种邪恶之事呢，肯定不能，那样会让我们法国人变得毫无价值。

7.国与国的关系如何？国与国关系平等。

8.国家和人类的关系如何？正如公民是国家的一部分，国家也是人类的一部分。

9.法国的荣誉由什么组成？法国总会为所有国家的利益着想，这是法国的荣誉所在。

而那最后一句是：

"Vive l'Humanité! Vive la France！"[①]

阿维德还停在沉思里。

"不，A.布尔多先生，"他想，"这条路不对，我对此十分清楚。那我们不如保留旧的教义问答。除此之外，我也不知如何是好。"

一段距离外，小径弯曲之处，他看见在太阳苍白的光束下，有两个人走了过来。尽管有些距离，他立刻看出那是一个年轻女人和一个年长的男人。

"但愿那是莉迪亚和她父亲。"这一念头从他脑子里闪过……

他的心怦怦跳，他觉得自己的脸红了。他本能地拿书把脸盖住，可眼睛忍不住透过书的边缘去察看。只一秒，他就看出来了：

那*正是*莉迪亚。可她并不是在和父亲一同散步。那是另一个年长的男人，看上去50多岁。有一把短而斑白的胡子，整体上有一副通常人们说的那种尊贵外表。

他们走过时，阿维德起身朝他们打了个招呼。莉迪亚

---

① 法语，意思是"人类万岁，法国万岁"。

深深地低头回礼,却避开了他的目光。那个年长的绅士也给他回了礼。

他看见他们在下一个弯道那儿消失。

他心不在焉地瞥了一眼手里的书,发觉自己把书拿倒了。

阿维德拿出另一本,为高年级孩子写的那一本随机地翻阅。

"道德法对每个人都一样,和气候、种族、年纪、性别、智力无关,所有的人都能意识到它。它普遍适用而清晰。它的信息可归纳为两句话:行善,不作恶。而整个世界都理解这几个字眼,因为在我们意识的深处和内部,有个声音告诉我们,这是善,那是恶。"

阿维德将这本书塞进口袋,先前那一本已在口袋里。而后他朝城里走。天已开始暗了下来。

有那么一刻,他在路上停住脚步,他忘了查看作者的名字。他又把书拿出来,读着书脊:利奥波德·马比耶奥文学博士,社会博物馆馆长。

"我弄不懂,"他想,"利奥波德·马比耶奥先生真有见识吗……"

* * *

阿维德·宣波罗姆在达拉街租了个带家具的房间。它很小,家具破旧,但有一片开阔而自由的视野,朝向西边萨巴斯贝里一带的上方,直到国王岛的花岗石山峦,那个城市结束的地方。

在S.H.T餐馆吃完匆促而孤独的晚餐后,他回到自己孤独的小房间。

他点上了灯,但没拉下卷式窗帘。房间里很冷。他点上炉火,女仆每天早晨都会在瓷砖壁炉里摆放好木柴,他总是在下午待在家里时点上那么一会儿。9点他会去报社。

他开始裁一本新出版的书,斯特林堡的《地狱》。不过他很快就停了下来,一边出神地坐着,一边把玩起裁纸刀来。

……那个年长的绅士到底是谁?

家里的某个老友,某个她喊叔叔的,碰巧遇到,都没问一声她肯不肯,硬要她陪着自己……

没错,在所有的可能里,这是最有可能的。

然而,他那会儿还是觉得十分古怪。心里堵得慌。

他想忘了这一切,想些别的。

而他突然想起自己的名字,"阿维德·宣波罗姆"。

他讨厌自己的名字。他不喜欢自己的名,因为它碰巧和全国最受崇拜的男高音的名一模一样,而男高音的性格通常在人群中显得十分可笑。他的姓,"宣波罗姆"!多么典型的瑞典中产家庭的姓,由两个自然物质的名组合而成,最常见的是两个自然物质,尽可能毫不相关。比如"北扫帚",究竟北方和扫帚有什么关系呢?比如"南方林",当然了,你可以想象有一片南方小树林,但如果你碰巧处于这林子的南边,它就成了北方林!至于"宣波罗姆",一颗星和一朵花给摆在一只盘里,也实在太好了!呸![①]可是……可是那个尊贵的年长的绅士是谁?

……总之,他父亲,远在韦姆兰的老林业管理员,背负着这个家族姓氏已超过60年了,根本没觉得它有任何可

[①] 宣波罗姆,瑞典文"Stjärnblom",前半部的"stjärn",意为星星,后半部的"blom",意为花。

笑之处。还有他的祖父和曾祖父。所以,我猜我也能忍受它。不管怎么说,"我不胜于我的列祖"①。

不过,他的高祖父并不姓宣波罗姆,而是姓安德松。那时候,这都算不上什么家族姓氏,不过表示自己是一个叫安德斯的人的儿子。

就这样,我知道的所有自己的源头不过是我的高祖父是一个叫安德斯的人的儿子。还有好多人对他们的源头知道得都还没这么多!

突然间,他想起西班牙低级贵族的头衔"hidalgo",意思是"某人的儿子"。

没错,他想:一切取决于你置身于哪里。在老家,我是某人的儿子,尽管比较穷,这个人有声望,也为人尊重。可在这儿,我什么也不是。在这儿,运气再好,我儿子也只能被称为"hidalgo",假如我有个儿子……而我很可能没有。到了我有足够的保护能力、好将孩子带到世间时,我自然是老而衰弱,没法这么做了……

可那个尊贵而年长的绅士又是*谁*呢?

有那么一个瞬间,他觉得自己在报上见过那人的肖像照,可还是没想明白那人是谁。

他在房间里来回地走。两三步往前,两三步往后,室内没有更大的空间了。

他在沙发上方挂着的北韦姆兰地图前停下。搬进来后他做的第一件事,就是扯下房东太太挂的所有难看的图画。他自己并没有好替换的。他记得自己当时一边这么干,一边笑着想到:"这可是时代的口号,扯下什么不难,可重塑

---

① 出自《圣经·旧约·列王纪上》19。和合本神版。

呢？"①不，即便有最好的心愿，他也不能复制出一幅画来，甚至画不出与他扯下的那些低劣玩意儿里最糟的一幅旗鼓相当的。可就算是那样，也并不意味着他就得看着那些垃圾！因为没有更好的，他不得不挂上一幅韦姆兰地图。

此外，他让那片原先挂了画而在80年代里给遗忘了一些年头的褐色玫瑰墙纸自己诉说自己。说到底，一个不过是暂居的房间的外观和他有什么关系呢？

他站在那儿盯着地图打量，打量那些眷恋又熟悉的地区、庄园和山脉的名字。斯托莱特、山谷村、乌鸦村、龚纳村、朗加坞、双鼻湾、鲸油滩、布拉奈斯山、五趾山……

五趾山。他清晰地记得那座山。它像一团巨大的蓝色阴影，几乎就站在他童年的家的正南边。若与钦博拉索山相比，便称不上山。但五趾山碰巧所处的位置使它被称为山，它也是这一地区最高的山。从北面往南看，它有一种建筑美，三座峰中间那一座最高，透出设计优美而充满意味的轮廓。他从卡尔斯塔德的拉丁中学回家过暑假时，总把那三座峰称为Progfressus，Culmen，Regfessus②，意思是上升、顶峰、下降。

可为何这座小山叫五趾山呢？从某个方向看过去，像是生着五个趾头的一只脚吗？完全不是。也许这名字来自那条河，五趾河，流下西坡、最终流入克拉拉河的那条小河？一座山不会拿碰巧起源于斜坡的一道小水流来命名吧，反过来倒更有可能。一个名字的意味似乎那么多，又那么少……

---

① 这里暗指斯特林堡的一首诗。
② 这几个单词是拉丁文。

"莉迪亚·斯蒂勒。"发音如此美妙,莉迪亚·斯蒂勒,莉迪亚·斯蒂……

门铃响了。他倾听……没人走过去开门。房东太太大概不在家。

他没有多大的意愿开门去,真有什么急事,门铃肯定会再次响起来的,他想。

好几秒过去了,甚至一分钟过去了。门铃没有再响。于是他走过去,把门打开。

门外没人。信箱里什么也没有。

他重新在炉火前坐下,搅动着木炭。炉火几乎燃尽了。

他想起了往事,想起在卡尔斯塔德中学的最后一年。他记得克拉瓦特太太,在毕业前夕的那个冬天和第二年春天,把那伟大奥秘介绍给他的那位太太……

克拉瓦特太太三十出头,是看门人的未亡人,也是城里最好的厨娘。她甚至在一些大场合里为省长做菜。然而在私人生活里,她不在乎吃。取而代之,她对爱特别地投入。他以前通常在星期日上午去拜访她,也时常在午休时间奔到她那里。他不是她唯一宠爱的,他要和另外五六个同学分享。每当他提起这一让他感觉悲哀的不当,她只是简单而毫无感情地说:"好的就是好的,人只是人!"

不过她对诗歌也有感知力,发生过这样的事,他在床上为她背诵维克多·瑞德贝里或福楼丁的诗句时,她突然崩溃,大哭起来。

她也收费,那主要是为了形式和面子。高中生的费用是两克朗,要是没有现金,她很容易松口,同意赊账。其实,她只是为了好事本身做了好事,这通常视为一个人能提升而达到的最高道德观。

他带着毫无保留的感激想起她，想起还欠她42克朗，立刻羞愧地红了脸。他徒劳地试图找到道德上的帮助，据他所知，至少有三个同学也欠着大约这么个数目而离开了那里。

突然，他又想起了利奥波德·马比耶奥先生，想起这人对高年级学生的道德教育："我们良心的声音告诉我们什么是好的。"那么，这只能让马比耶奥显得和他这本书一样浅薄！克拉瓦特太太知道什么是好的，却并不需要读他的书！她只听从"良心的声音"。

阿维德在房间里踱来踱去。两三步到窗口，两三步退回瓷砖壁炉那里。

他再次停步于沙发上方的地图前，那张北韦姆兰地图。*那里*是他出生的地方，*那里*是他度过了迄今为止最大一部分人生的地方。而今他在这里，在这小小的、只有几件旧家具、带褐色玫瑰壁纸的房间里，在这个国家的首都。他最终将止于何处呢？他想起儿时的大河，有三个名字的大河，第一个名字在挪威，在那里，它从山上的湖泊流出，像一条任性的山间溪流；第二个名字在韦姆兰，在那里，它变宽了，放慢了奔跑，在七八十公里长的河面上，蒸汽船能航行；它缓缓膨胀成一个巨大的内湖，最后，带着第三个名字，成了瑞典第三条大河，找到了通往大海的路，西海[①]，北海。

他记起一首诗，正是他在毕业前不久的那个春天里写下的，以笔名登载于《卡尔斯塔德报》上。读到印在报纸

[①] 原文使用了"西海"一词，这是日常用语，指瑞典西海岸海域。

上的那首诗后,他难以抑制内心的喜悦。他记得自己沉浸于快乐之中,沿克拉拉河走了十公里,一直走到隆登,而后在水边一块石头上坐了几小时,凝视那宽阔的蓝色内陆湖维纳恩湖……而当他返回卡尔斯塔德后,当然,他忍不住跑去见克拉瓦特太太,给她读了那首诗,并获得了给予诗人的奖赏……

他在抽屉里找出那首诗来,剪报已有些发黄了:

我和母亲一起走在路上

我和母亲一起走在路上
一个夏夜于一片沃土
有蓝色的山,闪烁而寂静的河
握在妈妈手里的是我的手。
我们的路缓缓下降
朝着郁郁葱葱的山谷
我们脚下是河流那宽阔的镜面,
上头有成百艘让阳光点亮的船
白色
或灰黑色的船
在梦一样的寂静里往下滑行。
河里有座岛,岛上有座城
那里有断断续续的红色房顶和屋脊
光和影围着它们争斗
而在城市的那一边,一切都隐于
轻霾和薄雾。那是海。

妈妈,我问,告诉我
这条路永不能带着我们向前,
直到海滩吗?
我想到海滩底下
到一条船那里,而后跟着它
抵达那些蓝色的大地。

特别缓慢地,母亲回答:
要耐心,孩子,很快你就会长大
你妈妈我相信
那时你就能到海边
能航行,
抵达那蓝色的大地
只要有耐心,克制你的血液
而后在这条河上,
有一天,你自己的白船就会来到,
你生命的光明的幸运船
会带你走向世界,
那时你要用有力的手握住船舵
好好开启你的航程!
首先你会抵达那里的城市
那些塔楼和尖顶都闪闪发光
你不知道,我的孩子,
若住进那塔里会有多暗
可你将在那里头住上一阵,
自己也不知会住多长,多短
你将搏击于多次的战斗,

直到幸运船带你远走。
塔上铃铛敲响
没一丝疑虑
当船儿驶出，你的白船
离开并将你带向远方
远离那城市，那个黑暗而拥挤、掩埋你命运的地方
带你到大海

而在大海的另一边有另一个海岸
那里躺着梦的蓝色大地
在那里，那里，你会一直住着。
那是你妈妈的确信。

* * *

那是妈妈的确信
距今已是很久以前，我已遗忘
那大地在哪儿，还有它的山，它蓝色的河，
也是很久以前，我看见我的妈妈。
也可能，我是梦了一场。

"也是很久以前，我看见我的妈妈。"是的，的确如此。她去世时，他才6岁。

这首诗几乎是他写下的唯一的文字，唯一好歹完成了的。

不，他不是个诗人。他干巴巴的，过于清醒地看世界，缺乏诗人必备的幸运禀赋：自我幻想和自我沉醉。也许，他还少了那种不可或缺的完全的不道德！当然，诗人会有一丝良心，可诗人的良心是最颓放的那一种。

不，这实在不是他的志向，当诗人，不，多谢！

志向？

"我有什么志向吗？"

他在室内来回踱步，两三步向前，两三步退后，房间容不得他多走一步，他在洗脸池上方的镜子前停了下来。

"什么是*我的*志向？"他问自己。

他觉得镜子似乎在回答：

"假如说你在想把日子过得不错之外还有些别的，那就是……"

他惊恐地瞪着镜子。不，他想，不，他几乎在恳求镜子，不，别再说了……

然而，他觉得镜子回答道：

"我得说，你问了我，所以我得回答，假如你有什么志向，那就是，在你的人民的历史里留名。不是在文学史或其他人民历史的小支流里，而是在你的人民的历史里。"

我恐怕并不明智，阿维德想。那么至少要试着装出明智的样子。差不多9点了，是去报社的时间了。

他抓起帽子、大衣和手杖，而后出了门。

秋蹑手蹑脚地推进，暮色来得更早，雨湿的街上四溅着煤气灯以及点亮的窗户的光……

11月下旬的一个晚上，阿维德·宣波罗姆从歌剧院回到报社，有些紧张，平生第一次，他要试着写一篇音乐评论。

是这么回事：

这一天下午4点，他到报社去接受晚间和夜里的工作任务。他想找副主编麦克尔，却没能立刻碰面。等待时，阿维德浏览了一会儿最新一期的《词语和图片》杂志，吹起口哨，贝多芬《悲怆奏鸣曲》里的柔板，这曲子不知为何跑进了他的脑袋。这时，主编栋科博士突然从敞着的门那儿进来了，这个时辰，主编几乎从不出现在编辑部里。他英俊而雅致，也许过于英俊，也有些过于雅致，一个四十刚出头的男人。

"宣波罗姆先生在吹《悲怆奏鸣曲》吗？"他带着一丝鼻音问道。

"是，我很抱歉！"

"一点没事。这可正合适。您今晚去歌剧院吧，然后写篇评论。有个小姑娘今晚首次登台，要在《浮士德》中饰演玛格丽特。我们的常任音乐评论员病了，而我得赴晚宴。再见。"

每当常任音乐评论员病了，总是主编自己当替补。直到最近，栋科博士都还是一名地理副教授。不过，谈到写作，麦克尔总说，栋科的拉丁文韵文比瑞典文散文要好，此外，就只热衷于生意和女人了。然而他几乎写什么都还过得去,"哪怕是写库法钱币。"麦克尔说……

总之,事情就这么开了头。而现在,大学生宣波罗姆坐在打字机前沉思。

他很快便学会了使用打字机。这并不意味着他在构思时能节省多少时间。在编辑部,他做得最多的是将德文和英文报的国际政治类文章翻译出来,报社的"外务大臣"会交给他用蓝粉笔涂了记号的文章。而《新闻报》[1]上的连载短篇小说,由另一位高级职员拿红粉笔做好记号交给他。至于翻译,用打字机花半小时能完成的事,不用的话得花两三个小时。

而现在,他能自己弄出点什么来吗?

不行,他丢下打字机,坐到写字台前。

麦克尔在隔壁房间咆哮:

"该死的,魔鬼!该死的,见鬼啊!这样我会疯的!"

突然,门给推开了,麦克尔冲了进来,脸色因愤怒而发白。

"你能相信吗,"他说,"这混蛋向我承诺了的,不会用那篇牧师混蛋的文章……"

"哪个混蛋,哪个牧师混蛋?"

"哪个混蛋,当然是栋科了!牧师混蛋是最糟的那种牧师。这个'宽容而自由的'牧师给我们寄来一篇文章,自由诠释一番,认为要在瑞典教会里当牧师根本不需要信奉《圣经》、教义或是别的,可教会绝对需要更多的牧师,特别是主教,主教太少了!我们只有十二三个,至少需要

---

[1] *Le journal*,法国报纸。

十四五个！眼下，想当主教的人还太年轻、太微不足道，可他考虑着未来！好。我碰巧读到校样便去找栋科，这家伙瞄了一眼说，自己从未读过这篇稿子，甚至从未听谁提起过，最大的可能是……"

"可是，"阿维德打断了麦克尔，"怎么可能会有一篇文章主编不知道，副主编也不知道，却直接到了印刷间给排出来了呢？"

"你问怎么可能？你都来了两个多月了！*电梯*，你这小傻瓜！外头走廊里的电梯总是把手稿送到底下印刷间去，再把校样送上来！要是走廊里碰巧谁也没在，任何人都可能从街上跑进来，尽可以放下一份手稿，靠电梯送下去。或者，假如他不是很清楚内情，只需找到我们职员里的某一个就行了，比如你！叫你把稿子处理了。只要混进了印刷间，就成了。而后就见报了，要不是我碰巧看见！总之，我得到栋科的保证，会把这堆废话丢进垃圾桶。可就在刚才，我看到一份*新校样*，是阅读和编辑过的。所以我给工头打电话，工头说栋科一两个小时前通知他，这篇稿子必须无条件地放进去！这混蛋进晚餐去了，正和那个牧师以及另外几个给他洗脑的半宗教无赖在一起呢，结果是稿子明天就会见报！也可以说不会，因为今天我当班，我有权拖着不发，既然它没什么时效性，可到了后天，我不当班时，它还是会见报！真是活见鬼！对了，让我瞧瞧，你写了些什么？我听栋科说，他派你去歌剧院了……"

麦克尔抓起阿维德的稿子，粗略看了看，继续说道：

"那些摩登的牧师似乎忘了牧师职务古老的基本意义。你可以在关于先知玛拉基的文章里读到，牧师的嘴巴得捍卫真理，注意，这里说的是'捍卫'，不是'散播'。① 又要当牧师同时又要散播真理，这不可能，同时！这怎么可能！"

麦克尔不再说话，开始阅读。

突然，他的脸亮了起来：

"嗯，这写得还真不错啊，"他说，"你知道，我当然得看看，我对你的稿子有某种责任，是我把你弄到这儿来的，可除了你是个远亲，我对你这人一无所知。不过这一篇写得还真不错：'克拉霍姆小姐的声音和歌唱禀赋指向几乎无边的可能性……然而，她的行为显得缺乏指导，玛格丽特本来没疯，直到监狱那一幕，然而克拉霍姆小姐的表演几乎从一开始就是疯狂的。这个玛格丽特似乎生来就是疯的。'"

"很好，"麦克尔说，"我对克拉霍姆小姐的表演一无所知。不过人们不喜欢读到对他人的过誉，那个得夸赞的永远不觉得夸得够多，其他人则心生嫉妒。可要是评论员批评一个喜剧或歌唱演员，就只有一个人沮丧，其余的人皆大欢喜！所以，尽管骂！人本该试着给生存和人类撒点快乐。"

麦克尔走开了，可在下一个瞬间，他又折回：

"还有件事，"他说，"斯蒂勒老头死了……"

"你说什么？"

麦克尔愣了一秒：

"怎么了？怎么会让你有某种特别的反应？他老了，我

---

① 这一段关于先知玛拉基的话，是作家引用错，进而理解错了。典故出自《圣经·玛拉基书》2:7，"祭司的嘴里当存知识，人也当由他口中寻求律法，因为他是万军之耶和华的使者"。

们每个人都得死,'几乎每个人',就像路易十六的宫廷牧师见国王脸色阴沉下来时,小心补上的一句……"

"没,没什么,"阿维德说,"可我不知道他病了——本来,我跟他也不熟。"

"不,他没得病,完全是一场轨道车的车祸。"

"怎么会这样?"

"上帝啊,他坐在北矿石广场的小酒屋和几个老相识喝了一瓶葡萄酒,而后想乘马拉轨道车回家。在这恩典之年的1897,我们斯德哥尔摩毕竟有那么几辆马拉轨道车。总之,马哒哒地走着,还算乖巧,老头儿斯蒂勒在微醺的作用下,忘了自己年过六旬,想跳上车去!结果跟跟跄跄,摔倒了,一头撞在人行道上。这事就出在几小时之前,接下来的情形,你可想而知,救护车、塞拉芬医院,大约10点,我们接到电话说他死了。讣告,依照《北欧家庭书》,排好了,也校对了。我这里有一份样张。既然你多少认识他,也许能加一两句,添上点个人色彩,要是你愿意的话。"

麦克尔走了。

阿维德手里拿着那份潮湿的校对用的细纸片儿坐下:

"一起不幸事故——安德斯·斯蒂勒,著名的、受尊敬的风景画家……生于1834年……50年代在皇家艺术学院学习……1868年在巴黎获得奖章……作品《雨后的多岛海松树》藏于卢森堡美术馆……《多云天的一排外屋》藏于斯德哥尔摩的国立博物馆……新艺术潮流的局外人……近年有些处于背景里……一个自然又正直的艺术家……一个受尊敬和爱戴的人……鳏居数年……为他最亲近的人:两个儿子和一个女儿所哀悼……"

阿维德大脑一片空白地盯着纸片儿,好像在沉思,同时又心神恍惚……

不,他没有什么要添加到讣告里去的,反而很想拿蓝粉笔将"有些处于背景里"那几个字划掉,但他无权改动别人的文字。总之,这几个字让他很不舒服,莉迪亚也许会觉得是他这么写的。

莉迪亚……

他猛然跳了起来,转动大编辑室门上的钥匙,将门锁上,而后迸出剧烈的哭泣。

直到他突然跺了一脚:我这是干什么呀!再过几周我就23岁了,还哭得跟个孩子一样,太过分了……他冲进洗手间,洗了把脸,拿手巾擦掉所有泪痕。他重新回到办公室,关上了和隔壁房间相邻的那扇门。

现在他可以回家了。刚过了1点,他也没其他要为报纸做的事了。因为做了临时音乐评论员,今晚他不用干校对的活。

可在离开之前,他想看看自己那篇评论的校样,他想起自己评述那位新人的一些话,"这个玛格丽特似乎生来就是疯的"。他想,该把这一句删了,她的嗓音很美,凭借这嗓音她运气不错。拿不必要的恶意来摧毁她的快乐就是个罪过。

他给印刷间打电话,问那篇稿子是不是排好了。是。他可以看看校样吗?可以。

麦克尔猛地拉开门:

"你的事忙完了吧,来我这儿喝上一杯格罗格吧!"

"谢谢,"阿维德说,"我只是要等我的乐评校样。"

"哎呀!老约翰松坐镇校对,他绝对可靠。此外,你的字迹不可能让人读错。"

"可有些地方我想改一改……"

"没什么要改的。我都读过了,完全没问题!来吧!此外,"麦克尔补充说,"我会留意让你免于一夜一夜地看校样的。不是说你干得差,恰恰相反,看到你校对得那么好,我几乎担心,就是说为你的前途担心!一个*能*校对的年轻人一般来说干不了别的,那么他就会一直做到胡子发白,就像老头儿约翰松。"

大编辑室沉浸在一片昏暗中,此刻没人。不过,通往麦克尔的小窝的门那儿透着光亮,是从一只三角形祖母绿色灯罩那儿射出的。

麦克尔的小房间在主编室和大编辑室之间。

一个穿着社交礼服、年纪很轻的男人坐在小沙发一角,看上去几乎睡着了。

"请允许我来介绍,"麦克尔说,"这是宣波罗姆先生,他爸爸是我那五十还是六十个表兄弟里的一个,亨瑞克·瑞斯勒先生,写了部不道德的小说,然而依我看,也没有比一部可读的小说需要的不道德更多。"

彼此打了招呼。麦克尔接着对阿维德说:

"这你得听听!你知道,瑞斯勒属于偶尔给报社写文学作品的微不足道的供稿人。今天近午时分,他带着一份贡献而来,一则短篇小说,定价25克朗。可不幸的是,报社的钱柜和这位大有前途的年轻作家的钱包一样空空如也。

所以栋科想出了个聪明办法来解决这问题,就是说,你能想得到吗,付款前要先把那垃圾审读一番!因为瑞斯勒是个没脾气的混账,不会生气。相反,他在半夜出现于这里,来打听栋科是不是读了那篇小说,钱柜会不会打开!"

"亲爱的麦克尔,"瑞斯勒说,"你有惊人的天赋胡说八道。我上这儿自然是有个简单的原因,去酒吧太晚了。我去赴了晚宴,忘记自己待得太久。而且栋科也在那儿。"

"这么说,是和鲁宾一起,牧师混蛋在那儿吗?"

"还真有个牧师混蛋,不过我不知道他叫什么。"

麦克尔发出战斗的吼叫:

"哈!记得我刚跟你说的吗,阿维德?"

阿维德点点头。

"好啊,"麦克尔嘟囔道,"那篇文章明天反正无论如何都不会见报,我负责处理这件事。干杯,小伙子们!"

"干杯。德雷福斯事件有什么新消息吗?"

"今天没有。我想大约是一周前马修·德雷福斯起诉埃施特哈齐写了泄密信,据巴黎报纸披露,还会有一场新的庭审,为了走走形式,这可以从字里行间读出来。"

"奇怪的事件,"瑞斯勒说,"我刚在巴黎待了一阵,前天才回来。我听见报童沿着林荫大道喊,舍勒-凯斯特纳有个黑人情妇!舍勒-凯斯特纳大概有70岁了,在他漫长的生命里自然能找到这样那样让自己快活的办法。不过,这怎么就能作为德雷福斯有罪的证据的呢?实在费解。"

"嘘!走廊里有人……"

麦克尔屏住呼吸、坐着倾听。

真听到了外头蹑手蹑脚的步子,一扇门"嘎吱"一声打开了一些,脚步声这会儿进入了主编室。主编室和麦克尔办公室之间的门拿钥匙锁上了。

阿维德·宣波罗姆看看表，两点一刻。

"嘘，"麦克尔悄声说，"他带了个女人！"

他们听到隔壁房间里窸窸窣窣的声音。

"好吧，那么干杯吧。"麦克尔突然大喊起来。

一片新的寂静。直到他们听到不再掩饰的脚步声，从主编室移到外头走廊，而后径直到了麦克尔门前。门给推开了，栋科博士把头探了进来。

"晚上好，"他说，"我能斗胆请先生们帮我个纯粹私人的、个人的忙吗？"

"说来听听，"麦克尔说，"不过，你是不是先来一杯格罗格呢？"

"不，谢谢，我只是想问，这场愉快的小聚会能不能在其他房间继续进行，最好是大楼另一端的房间。"

"可以，"麦克尔说，"不过有个条件！"

"什么条件？"

"那篇牧师稿件永不见报，永不！"

栋科博士的鼻子嗤了一声，发出几乎透不过气来的笑：

"亲爱的麦克尔，搞什么鬼，你怎么就觉得我在乎那篇牧师稿件呢，你想怎样就怎样！"

"好，那我们就达成共识了。记住，我可是有两个证人的！"

提着酒瓶和酒杯，在唯一一只灯泡微弱的光线下，一支静悄悄的队列穿过走廊走向另一头的终点。栋科还停在门口看他们消失。麦克尔转身大声嚷嚷：

"叫你来喝上一杯格罗格看来毫无必要了吧？"

"不用，谢谢。"栋科博士回答。

*　　*　　*

回家路上，阿维德·宣波罗姆挑了个女孩，应该说，一个女孩挑了他。

那一年12月初的几日，已是雪大风冷。老斯蒂勒下葬的那一天也是如此。

阿维德到新墓园去，为了能看一眼莉迪亚。他已给葬礼送出一只简单的花环。

他站在举行葬礼的教堂门口，那一小群人里。他认出了几位艺术家，大多是头发灰白的男人，而皇家艺术学院的负责人，有着高贵的形象，是这个国家他那一代人里最重要的艺术家。当然也有几个是因为好奇而来，但并不多。

现在，能看见送葬队列出现在外面的路上，以步速，带银色装饰的灵车在苍白的十二月太阳下闪着光，那生与死的浮华装饰是巴洛克趣味最后一点可怜的残余。棺材由粗大、戴白棉手套的手从马车里给抬了出来。跟随棺材的人走出马车，行列排好了。莉迪亚走在棺材后头，年轻而瘦削，她的头在黑纱下微微向一侧偏着。她身边跟着菲利普，脸色苍白，鼻子像是给霜打过一样。没看见奥托，没错，他本是要去美国的，显然已离开了。

棺材经过时，阿维德摘下帽子，莉迪亚走过他身边时，帽子还在手中。不过她垂着眼帘，什么也没看见。他们后头跟着些亲戚和密友，而后，艺术学院的负责人走在那群灰胡子艺术家的最前面，他们鱼贯走入教堂，门给关上了。

阿维德掉转头，转往城里的方向。

他想起国立博物馆的那幅画《失去的太阳》。眼下正有一重荒凉而多雪的冬日暮色覆盖在墓园上，和那幅画里的一模一样。

走过一块有铜质浮雕像章的高高的墓碑,他不由得站了一会儿。碑石上褪色的金字写着,伊曼纽尔·栋科。这是主编栋科的祖父,著名化学家。铜像章上的侧影和孙子的还真像。

阿维德短促地笑出声来。他想起几天前编辑室那一夜的次日早晨。他比往常更好奇地打开报纸,找寻斯蒂勒老头儿的讣告以及自己那篇小乐评。可他最先看见的是那篇牧师稿件,就在社论和另一篇文章的正中间。而后,他当然也找到了自己要找的。讣告里有几处愚蠢的印刷错误。他记得自己看到了也给标出来了,可他显然忘了把校样放进电梯送到印刷间去。至于他的乐评,"这个玛格丽特似乎生来就是疯的",印出来的阅读感受比手写的还要糟。他简直给惊着了,真是我写了这么粗暴而蛮横的字眼吗,记得自己明明在校样上把它们划掉的,然而这中间又插进来别的事,我把这一切给忘了……

他竖起衣领,在坟墓间缓缓行走。

他不得不再次发笑。他想起麦克尔的解释,到编辑室后问麦克尔,牧师那篇稿子到底是怎么进去的。

"只有一个解释,"麦克尔说,"就一次,我信了他的话——我可是有两个证人的!而后我就平静而无辜地和你、瑞斯坐着说话,与此同时,栋科一定是想起他对牧师许过同样郑重的诺言!所以当他的女人忙于解开紧身胸衣、松开内裤时,他突然想起我们的主教太少了!他给印刷间工长打了电话,说这稿子*必须上*!就这么进去了!说到底他是主编。此外,你还没法真生他的气。我嘲笑他的肮脏伎俩时,他回答说:'亲爱的麦克尔,在我昨夜所处的情形下,当然是随便什么都会答应!'就一次,他说得还挺对。"

和麦克尔说了一会儿，阿维德在走廊里碰到主编，主编停下脚步说：

"我读了您的小乐评，宣波罗姆先生，写得恰到好处！'生来就是疯的'——非常好！此外，我注意到您能顶用。新年后，您可以拿固定薪水，一个月100克朗的起薪。"

……阿维德继续缓缓地朝着城里走，在北海关，他跳上了一辆马拉轨道车。

* * *

葬礼后的一天，阿维德给莉迪亚写了封信。

其中有这样的话：

……自我们上一次在一起，没有一天你不在我的思绪里。可我没和你联系，只因为我想我只能如此。毕竟，我什么也给不了你，什么也没有，除了一个遥远而不确定的未来……

第二天，他收到了回信：

阿维德，谢谢你的信。我读了一遍又一遍，不过我不太明白。当然，我明白，可也还是不明白！

然而，某一天，我想再次见到你。不是眼下，眼下我是那么疲惫，那么悲伤。然而，在不久的某一天。

生活空荡荡的，在爸爸死后。

莉迪亚

1898年1月11日,军事法庭对埃斯特哈奇一案做出了无罪判决。法国和法国军队的荣誉都无法承受这个认识,这桩微小而肮脏、事实上无足轻重的叛国行为,以为是出色而富裕的犹太裔参谋部官员所为,就要受到惩治的,其实是一个外国出生而微不足道的官员所为,那家伙是个道德败坏的堕落无赖。1月13日,左拉的《我控诉》①出现于《震旦报》,一篇短小的文章摘要很快用电报发到世界各地。两天后,一份《震旦报》送达《国家报》编辑室。

麦克尔容光焕发。他将编辑室人员召集在自己周围。从一间办公室走来乌罗夫·莱维尼,诗人、评论家和文学史学者,已很出名也常引起争议。从另一间走来托斯滕·赫德曼,剧作家和剧评人。作家亨瑞克·瑞斯勒也露面了,他来打听德雷福斯事件的最新消息,这一次,他听到了新消息!

麦克尔拿着剪子,将这篇宏文剪成一块块、一条条,左边右边地分好。

"你打字,"他对阿维德说,"你先处理开头这三段,印刷间能忙乎起来,趁这工夫,我把其他的补丁排好、理顺。"

---

① 《我控诉》(法语:*J'accuse…!*)是法国作家左拉于1898年1月13日发表在《震旦报》上的一封公开信。在信中,左拉控诉了政府的反犹太主义以及对法国陆军军官阿尔弗雷德·德雷福斯的非法拘禁,而德雷福斯本人在此前则被认定为间谍而判处终身监禁。左拉在信中控诉对德雷福斯的判决缺乏证据。

"亲爱的乌勒,"他对莱维尼副教授说,"尽量把字写得让底下那些人能看明白!"

(印刷间在地下室。)

莱维尼和赫德曼通常当然是从不做翻译活的,可眼下的情况特殊。

"也给我来一点吧,"亨瑞克·瑞斯勒说,"一般说来,免费的东西,我一行也不写,可这篇文章,我想参与翻译。"

不然的话,瑞斯勒可是出了名的懒散。

阿维德把分到手头的文本译好后,就到校对室帮老约翰松读稿子。第一份样稿已出来了。到2点,这篇长文已译好、排好、校对好了,这样就能作为地方版的增版,以及斯德哥尔摩的号外发出去。

多亏了麦克尔,对于德雷福斯事件,《国家报》从一开始就走在正确的路上。对其他问题,特别是政治问题,这份报纸的路线总有些不稳定,像一位诗人夜间的漫步。只要和政治有关,报纸多少会漠不关心,它的定位就是要超脱于政党,正如最新的订阅启事上写着的。在这方面,一如其他方面,报纸遵循了必要的美德。出于历史原因,报纸不能和任何政党有公开的关联。《国家报》于1880年代,作为极端反动的保护主义者和农人的机构而创办。它从未自负盈亏,始终靠大工业主圈层的资助存活。1880年代末保护主义者的巨大突破之后,他们得到了其预期的利益,那正是报纸所捍卫的。慷慨的赞助商们做也做了,吃饱了也满意了,却也不想再碰那永远的"达那伊得斯的水罐"了。报纸处于衰弱状态,在1897年春遭遇坠落!报社的最后一个赞助人,也是过去几年里唯一的赞助人被迫停止出资，把生意置于破产管理之下。他最弱的资产是《国家报》的控股权，而债权人倾向于不再积极投资而是被动地听之任之……可就在这时，有些事发生了。

一个叫亨利·斯替尔的金融家，一点儿都不关心政治，却对文化和艺术有浓厚兴趣，和诗人及作家圈有了近距离接触。这圈子里有伟大的诗人 P. A. 冯·哥克布拉德、乌洛夫·莱维尼、托斯滕·赫德曼、亨瑞克·瑞斯勒等，甚至栋科也在其中。金融家让自己受到了这些人的引诱，来赞助一份新报纸。这将是一份自由派的晚报，因为大家都对《晚报》倒了胃口，计划将《晚报》打个稀巴烂。正如之前所说，新报纸是自由派的，或者不如说是激进的，不过它将对国家的看法而不是政党的看法予以重点关注。出于某个秘密的原因，由栋科当主编，P. A. 冯·哥克布拉德将以他的声名担当理事会主席，以此支持这份报纸，同时也担当自愿的合作者。莱维尼做文学评论，负责文化方面的事务。托斯滕·赫德曼写戏剧和绘画雕塑等艺术，不然，就写些别的他感兴趣的。诸如此类。麦克尔，就连他也属于这个圈子，他处理政治议题。

命该如此，崩溃来临之时，亨利·斯替尔银行，也就是亨利·斯替尔自己成了《国家报》的资助者中最大的债权人，就是说他得到了一个并不简单的任务，理顺他的生意。总体看来，他以一双幸运之手做成了，但不是没有相当大的个人损失。就这么着，突然地，跟他个人的意愿相悖，他掌握了《国家报》的大部分股份。他到底要干什么呢，既然承诺要支持一份新报。解决方案就像"哥伦布的蛋"那么简单，莱维尼和栋科以及另外几个人可以接管《国家报》，把这份报纸转为他们梦想的那一种！一天晚上，他将自己的想法对栋科、乌洛夫·莱维尼和托斯滕·赫德曼和盘托出。起初，这些人沉默不语、若有所思。

"这也许有点难。"托斯滕·赫德曼说。

"难啊难的！"亨利·斯替尔说，"没什么是不可能的。你们可以尽你们的力。而*我*尽我的力，这是我*唯一*能做的。你们自己想想看，不然我能拿《国家报》怎么办呢，掌控某个生意的主要股份的人，自然有责任保证雇员不致突然流落街头，连面包也吃不上。要是你们能一起干，至少办公室和印刷间职员，还有编辑部里相对处于附属位置而不那么光鲜的人能留在他们的岗位上。至于其他人，我当然得提供合适的补偿，直到他们找到新工作。"

"嗯，我想也没别的办法了。"乌洛夫·莱维尼叹了口气。

"再说，这想法很不错，"栋科说，"这么一来，我们刚起步就有一定数量的订户，按惯性定律，相当一部分订户会留下来，尽管我们开启了新路线！"

事情就仓促地在《国家报》股东特别大会上给决定了。

"你将为三十个股份投票。"栋科对亨瑞克·瑞斯勒说。

而瑞斯勒跑到瑞德贝里宾馆奥斯卡厅的股东大会上，为自己从未见过的三十个股份投了票。

这就是这份报纸的历史，一天晚上，麦克尔对阿维德讲述了这一切。

阿维德站在托斯滕·赫德曼房间的窗前。这房间空着时，他常常使用。可眼下，他也没什么要做的事了，打算离开，而通往走廊的门开着。

暮色已降，外头雪下得正密。

他站在那里，想自己的未来。圣诞假期里，因为学校放假，他把全部时间都投在了报社工作上，他对报社工作很感兴趣。他感到自己在报社学到的比在学校实习一学年学到的更多。相比在学校，在编辑室让他觉得自己处于更中心的存在点上。眼下，过不了几天，又要开学了……他格外想给校长写封信，就说出于这样那样的原因，他不得不中断为期一学年的实习。他并不愿意这么做，因为校长对他表现出了友好的兴趣，夸赞了他的教学能力——"天生是个教师"。校长曾这么说，这番话让阿维德有些害怕……不过还有一件事：那天，他和栋科博士聊了几句，领会到上司要把他升为拿固定薪水的职员，全忘了宣波罗姆同时还是北拉丁学校的实习教师，宣波罗姆提醒了之后，栋科说："嗨，让教学生涯见鬼去吧，宣波罗姆先生，一辈子像只狗一样为一片干面包受罪可没什么快活的……"然而，《国家报》的经济基础在他看来有些摇摇欲坠。"革命"之后，报纸向前发展，这一点毫无疑问，可编辑室的人议论，银行家斯替尔投给报社的那些新资金早给吃光了。栋科的费用预算实在过于乐观。虽然斯替尔考虑到预算总是乐观的，可这情况还是空前的。至少，麦克尔这么说。有一天，麦克尔对托斯滕·赫德曼说："今天是个令人兴奋的日子，发工资的日子！这会儿栋科正乘着出租马车到处转，为我们借钱呢。不管怎么说，他是个体面男孩！"

阿维德·宣波罗姆自觉有些优柔寡断……

而雪，落啊落……

算了，这会儿他可以回家去了。不过在此之前，他有那么点事想和麦克尔谈谈。

他走出门到了走廊里，四下暗乎乎的。拧亮一盏灯，他看见走廊另一头有个姑娘和一个门厅男孩,男孩拿手指着:*那里,那边……*

他立刻认出,是莉迪亚。

她穿过走廊,朝他走了过来:

"我想登一则启事,"她说,"可我没找对地方。"

阿维德站在那里,十分困惑,

"我可以给你带路。"他说。

"谢谢。"

"不过,你时间很紧吗?广告室几小时后才会开门,你……你愿意到我那里坐一会儿吗?"

莉迪亚迟疑了一会儿说:"要是可以的话。"

"当然可以,"他说,"托斯滕·赫德曼不在时,我用他的房间。他一小时前离开的,不到晚上不会回来,戏散场以后。"

他缓缓地重新拉开他们身后关着的房门,房间半明半暗。外头,雪落着、落着。

他们默默站着、困惑着,两个人都是。直到他们沉没在一个亲吻里。一个长久的吻。

她让雪打得湿漉漉的。

"你不想脱掉帽子和外套吗?"他问。

"这能行吗,总会有人进来……看起来会有些奇怪……"

阿维德拧了拧钥匙,把门锁上。

"能行,"他说,"没问题的,没人会来。"

有那么一会儿,他俩都没说一句话。

"你是坐在这儿写文章的吗?"她问。

"是,"他说,"赫德曼先生不在社里的时候。如果他在,我就坐在大编辑室里,和其他五六个贫穷的卖文的家伙在一起。"

她脱去帽子和大衣,站立着,那身简单的黑丧服衬着她的一头金发。

"可要是这会儿有人……要是有人找你有事,打开门……"

"你放心,莉迪亚,"阿维德说,"在这个编辑部里,人没那么拘束,可有一点却会无条件地尊重:一扇关着的门。不过,你说的到底是什么启事?"

"我要找个工作,可以说做什么都行,帮忙做做家务。我反正没什么特别的才能。家务是我唯一能做的。"

他俩都陷入沉默。而雪,落了又落,天色开始暗沉下来。外头路边的第一盏灯给点上了,在屋子的天花板上抛出一道亮光。

"告诉我,"阿维德说,"你记得吧,去年秋天我们在动物园岛碰巧遇见,你和一位先生在一起……"

"没错,"她答道,"那是罗斯林博士。"

"这么说,是马库斯·罗斯林,文化史学者和考古学家……"

"正是,他是我们家的老朋友。"

他们沉默。而雪,落了又落。

"我要跟你说件事,"她说,"正是那一天下午,我感到不可遏制地想见你的冲动。于是我到你的住处,按了门铃,可是没人开门。"

她喃喃地说着这些,她那金发的头颅紧紧抵在他胸脯上。他拿手抚摸她的发。

"我在家,"他说,"可你只按了一下门铃,我又没法知道那是你。"

"我不想多按,"她说,"我'尊重一扇关着的门',我也是……"

"哦，莉迪亚……"

他把她的头捧在两手间，直盯着她的眼睛：

"我可以问你一件事吗？"他问。

"什么？"

"可你得保证不生我的气。"

"哦？"

"你……你还是个'清白无瑕'的姑娘吗？"

"当然。"

"我问这个你生我的气吗？"

她含着泪笑了：

"不。"

他们俩又都沉默了。天色越来越暗。而雪，落了又落。她坐在那里，头斜靠在他的胸前。而他轻声唤着她的名字，一遍又一遍，无意义地：莉迪亚……莉迪亚……莉迪亚……

他再次拿双手捧着她的头，深深地盯着她的眼睛说：

"*你会是我的菲尔嘉*①，"他说，"你愿意做我的菲尔嘉吗？"

她小心地松开他的手。

"我想做你的一切，"她说，"可这又不单取决于*我想怎么样*……你知道我收到你的信时怎么想的吗？我想，那么也没有什么需要我存着我自己了……"

"你这是什么意思？"

---

① 菲尔嘉，瑞典文 Fylgia，在北欧神话中是一个人的保护精神，多以女性形象出现。和人一同出生，跟随一生，在梦里，也在醒着时显现，常能预示即将发生的事。

"哦，没什么……"

暮色格外浓稠。而雪，落了又落。

"莉迪亚，除了一个遥远的未来，我没法考虑婚姻，这你一定是明白的吧？"

"我明白。"

"可要是你愿意做我秘密的小情人？"

她看着外头的暮色，一双大眼睛满含着泪水。

"不，"她说，"我不想成为你的负担，别的什么都行，可这不行！不能成为你的负担！"

外头那些白色雪花飞舞着，闪亮着，往下坠落，往下。

他们都沉默。

"能告诉我吗，"她问，"什么是对，什么是错？"

阿维德想了想。

"我不知道，"他回答，"上午在报社，我们翻译了左拉的《我控诉》。这时辰，稿子肯定已作为特刊在城里散发开了。在这件具体的事上，我知道什么是对，什么是错。可我会相当困惑，如果有一天在学校，我得跟男孩们解释什么是对，什么是错，我是说给出个普遍意义上的解释……"

她坐着、头抵着他的胸膛，哭了又哭。她没听进一句他说的话。她因为哭泣而颤抖。而后，她突然站起来，擦干自己的眼泪。

黑色丧服、一头金发，她站在那里，年轻而瘦削。

"我得走了。"她说。

他也站起身来，在一个长长的亲吻之后，他说：

"我相信，你是我的菲尔嘉。"

她戴上帽子，穿上外套，让雪打湿的帽子和外套依然湿乎乎的。

"再见。"她说。

"哪天我可以见见你吗?"

"我不知道……"

她站在那里,手压在门把手上,阿维德已拿钥匙把门打开了。

"我不知道……"她又说。

突然她拿手臂拢住他的脖子。

"我想对着你的耳朵悄声告诉你。"她说。

而后,她的嘴唇紧靠着他的耳朵:

"我*想*,可我不敢。"

……然后,她松开手,匆匆离去。

4月的一个早晨,阿维德收到一封信。

他立刻认出信封上莉迪亚的笔迹,便热切地扯开来。里头只有一张小纸片。一面拿铅笔画了一片小风景,秋日平原的风景,平静的水面上倒映着光秃秃的柳树枝干,沉重的天幕上是低低的浮云,还有一群迁徙的鸟儿……

背面,她写了行字,也是用铅笔:

"我想出去,出去,哦,跑到很远,很远,很远。"[①]

再没别的,没有更多的了。

捏着小纸片,他站在那儿思忖。她要用这纸片告诉他什么呢,他觉得是某个很特别的事,可那是什么呢?

她有什么旅行计划吗?

"我想出去,出去,哦,跑到很远,很远,很远。"……

猜不出,他没法猜出她的意思。不过他将小纸片放进了自己的笔记本里。

* * *

那一年的4月有一些美丽的、早早的春日。如果在城外的大路上走一小段,能看见路边仍有巨大而肮脏的雪堆,那里依然是冬天,病弱而颓废的冬天。可在城内,街道干干净净,在阳光下闪亮。北激流河闪烁着,呼啸着,吐着白色泡沫。而在国王公园里,第一批贫穷而黝黑的小个子意大利人已开始走动,兜售着小气球,红色、蓝色和绿

[①] 出典挪威作家比约恩斯彻纳·比昂松(Bjørnstjerne Bjørnson,1832—1910)的诗歌。

色——在那里,人会觉得,春天真的到了。

一天下午,3点时分,阿维德沿国王公园的一条小径散步。突然他撞见了菲利普·斯蒂勒。他们停下脚步,攀谈,一起走上一段。

"谢谢你送的花环,"他说,"实在是一番友好善意。"

"不客气。"

"你还在北拉丁学校实习吗?"

"不,我把实习工作给停了。你也许知道我进了《国家报》。"

"哦,可不管怎么说,我是觉得……嗯,这条道兴许更好。"

他们看见远处有两个高个子老先生,路上的每个人都让开道来,还朝那两人脱帽致意。那是国王和他的宫廷狩猎师。

菲利普和阿维德都陷入沉默。毫无疑问,菲利普是因为国王离自己这么近而有些严肃。阿维德是因为无话可说。

"你有你兄弟的消息了吗?"阿维德问。

"有,他在那边有个不错的位置,在一家大型工程公司。他估计没什么问题。"此外,他补充道:"家父的资产状况也不像我们以为的那么糟,他没能存下什么,这我们都知道,可他也没欠下什么,这我们也知道。他还收藏了那么点'老画家'作品,这些画家多数当然有些古怪也不出名,那些年里他几乎没花什么钱就买下了,其中一两幅在布考斯基拍卖行的价钱还很不错。当然还有些别的艺术品以及珠宝之类的值钱货。所有这些大约8000克朗。当然不算多,尤其还要分成三份。不过我们两兄弟都开始自己谋生了,而莉迪亚大概也不会有问题。"

他们在阿森纳斯街角分手。菲利普·斯蒂勒往乌斯特曼姆方向走，阿维德眼下哪儿都不去，不过他推说自己要上办公室。

"莉迪亚大概也不会有问题。"

菲利普说这话时带着一丝谜一般的神秘微笑……

雅各布教堂的钟声震动着。一个年迈的高利贷主给埋葬了。

在雅各布广场，阿维德路过三个"瑞典王国的大师"[①]，在过去的世界里他们有这称号，中间的那个是首相，首相的一边是司法大臣；另一边是战争大臣[②]，一个瘦削而干瘪、参加过普法战争的老军人。阿维德以前在记者席上、在那座古旧而很快将不再适用的国会大楼里见过他们几次。一想起薄伽丘那些关于司法大臣、一个特别丑陋的老头儿的荒诞故事，阿维德忍不住发笑。这三人的身后几步，慢吞吞走着约尔根，小胡髭染黑了，下巴上的胡须还是白着，他穿了一件灰黄长外套，几乎盖住脚踝。

阿维德在古斯塔夫·阿道夫广场自家报社的电报室外头站了片刻，那里的窗户上贴着新近的电报。最新的一条说："教皇主动提出调解西班牙和美国的纷争。"像是在一场幻觉里，他看见这些人就在自己面前，良十三世那带着讥刺表情、又让不寻常的长寿打磨过的老头形象，阿维德记得，这形象来自伦巴赫那幅著名肖像画的复制品[③]，还有麦金莱，美国大企业的自动发言机，所有要靠战争发财的

[①] "瑞典王国的大师"，一种荣誉称号，由瑞典国王授予。1773年开始，1868年废除。

[②] 当时瑞典的战争大臣负责陆上防卫。另有负责海上防卫的大臣。

[③] 德国画家弗朗茨·塞拉夫·冯·伦巴赫（Franz Seraph von Lenbach，1836—1904）创作过一幅教皇良十三世的肖像。

人们的喉舌。他想，这两位先生要达成共识怕有些难……而在背景里，他能看见几个慌张又有些疯狂的西班牙政客和将军的面孔，所谓"西班牙的荣耀"，在这种情形下，这些人想说明他们自己是一切，而所有的世上的现实则什么都不是……没用，他想，良十三世没法阻止这场战争……

他感到肩上有一只手：

"你好啊，老弟！"

那是男爵弗劳提格。

"你好……你进城了？"

"是呀，看来是这么回事。跟我一起去瑞德贝里吗？我们好喝上一杯葡萄酒或苦艾酒，或是随便什么你喜欢的。进晚餐还太早了。"

他们相跟着走进瑞德贝里，在"皮咖啡"对着古斯塔夫·阿道夫广场的一张皮沙发上坐下，在那里能看见广场上所有走来走去的人。这一个冬天，有好几次，阿维德独坐在这同一张皮沙发上，手拿一杯波特酒或是别的，盯着许多不认识或有些认识的面孔和身形，见他们在外头的雪或雨里走过。他还是第一次在美丽而奇怪的四月春日坐在这里。

"苦艾？"弗劳提格问。

"就来这个吧。"阿维德说。

苦艾酒摆在了桌上。

弗劳提格坐着，看向外头的广场。

"达格玛·兰德尔在那儿走着呢，"他说，"一个甜妞，可已经有点过于卖弄风骚了。这会儿她正和中尉瓦贝里小调情呢。那边走来的是麦尔塔·布莱姆，非常优雅的姑娘！可她跟一个叫托马斯·韦伯的医科学生生了孩子，顺便说一句,那男的就是个笑话……"

阿维德心不在焉地听着,这些他没听说过的名字对他来说又有什么意义呢?若是在卡尔斯塔德,他知道所有城里好姑娘的模样和名声,可在这儿,他几乎一个也不认识!

"你显然是忘了,我从乡下来。"他说。

"也是,可你肯定会变成城里人!"弗劳提格回答。

"那边走着的不是斯诺伊斯基吗?"阿维德问。

他觉得认出了一个图片上见过的大诗人。

"是他。那我可以给你讲个故事,要是你还没听过的话。易卜生几周前过生日,七十还是八十还是别的,不去管它,他开启了所谓前往兄弟国家的'大十字之旅'。先到哥本哈根,在那里,他给装饰着丹麦国旗大十字勋章,还有宴会、火炬游行和演讲作为庆贺,这么着他喝得烂醉。而后他来斯德哥尔摩,获得北极星大十字勋章,还是有庆祝演出、宴会和演讲,而他又醉了。一天上午,斯诺伊斯基去大饭店拜访他,发现他坐在桌边,桌上摆着那些大十字勋章和所有配件。他坐在那儿,拿那双令人生畏的严肃的眼睛看着。'哎呀,亲爱的亨利·易卜生,'斯诺伊斯基说,'你无疑是整个斯堪的纳维亚作家里获得最高的一切的那一位。''但愿如此。'易卜生回答。'也许除了欧伦施莱厄。'斯诺伊斯基接着说。易卜生皱了皱眉头。就在这时,斯诺伊斯基注意到圣奥拉夫勋章也混杂在一堆勋章里,'没错,真的,'斯诺伊斯基说,'欧伦施莱厄又拿不了圣奥拉夫勋章。''拿不到,我就是这意思。'"

"故事不错,"阿维德说,"可我觉得它是经停了不少车站才到你这里的,你也是一站,不是最坏的那一站。干杯!"

"你是说我坐在这儿跟你扯谎吗?"

"当然不是,你从不扯谎,这我知道。不过,你愿意让我试着重构这个故事,摆出它最初可能的模样吗?"

"很愿意。"

弗劳提格从报童手上买了份《晚报》。

"那好。斯诺伊斯基进了屋。根据你的版本,易卜生还坐在桌边盯着那些勋章。可这完全不可思议,易卜生通常给描绘成一个非常正式而讲究礼仪的老绅士,即便在喝醉时,而显然这会儿并非如此。他这么对待斯诺伊斯基完全无法想象,很久以前在罗马时,他就认识斯诺伊斯基了,这么没有一点礼貌,不可思议。所以,最可能的情况是,他站起身来,走过去说声'你好'之类的。他的奖章碰巧在桌上,也许他正打算把它们收入行李箱。斯诺伊斯基拿这当作话茬,半开玩笑地评点几句。易卜生的那句'我就是这意思',估计本是想幽默和调侃一下的,可因为他沉重的天性和更沉重的语气……"

"这是见了鬼了!"正翻看着报纸的弗劳提格喊了起来。

"怎么了?"宣波罗姆问。

"自己看!"

弗劳提格把报纸递过去,指着一则订婚启事。

阿维德读道:

马库斯·罗斯林
和
莉迪亚·斯蒂勒

"你怎么给我解释这个？"弗劳提格说，"这姑娘可不会因为什么小东西满足！马库斯·罗斯林，至少有60万克朗。"

阿维德什么也没说，这个瞬间，他很感激弗劳提格在说话，这样他自己可以避免开口，他怕自己的声音会暴露出什么。

"你能想象吗，阿维德，她是我曾经爱过的*唯一*的那个姑娘，严肃地，你懂吧！老斯蒂勒去世两周之后，我写信向她求婚了。体面而正确，我以为，我写了自己财产的精确数目，比20万略多些。我立刻收到了回信，信上写着'尊敬的'，你基本上能想见回信的内容。那么，我想，当然了，她觉得我老了，46岁，而她才19岁，我不得不佩服她的坚定不移，毕竟面对的是好好供养她一辈子的前景。可罗斯林五十出头了，就是说出问题的并不是我的年龄，完全不是！"

"亲爱的弗劳提格，"阿维德说，他听见自己的声音像陌生人的，来自很远的地方，"你真以为财产多少对她来说那么重要吗？活着当然得有钱，可稍微多些少些，她肯定不是那么想的……"

弗劳提格拿手遮住眼睛。

"不，她应该不会那么想，她也就是觉得罗斯林的身材比我的好些。跟着他也比跟着我能早些当上寡妇，我们应该期盼她早日把他给了断了，他那个衰弱而可怜的人……她绝不可能爱上他的。愿意和我一起进晚餐吗，我们吃好喝好，一醉方休！"

"谢谢，可我不能，"阿维德说，"5点我得在报社里。"

他想独处。

这一时间段，阿维德在报社无事可做，可他还是去了。

他穿过几间房间，到处都空无一人。

在托斯滕·赫德曼的房间里，他在窗前停步。透不过气来。他打开了一扇窗。

从附近的后院那儿传来手摇风琴声，演奏着《斯德哥尔摩坏小子》，时下正流行的曲子。

——她，他的所爱，——她，在暮色里、在丁香花篱笆后，他吻过的人，——她，她……

"我想出去，出去，哦，跑到很远，很远，很远。"

这也就是说，去里维埃拉，去意大利的蜜月旅行，也可能是去埃及……

他站在那里，嘀咕着这些字眼：

"我想出去，出去，哦，跑到很远，很远，很远。"

他的目光落在沙发上。上次他们在*那儿*坐过，最后，落在门上，她就要离开时，她说过："我想！可我不敢！"

突然，他记起那一次她说过：我可以等。而他不想让谁等他。

如今，他是如了愿了，没人会等他了。根本没有人。

……号叫着，如一只狂野的动物，他扑倒在那张沙发里。

雅尔玛尔·瑟德尔贝里的肖像画，阿斯特瑞德·谢尔贝里-约韦尔作于 1912 年

II

"人并不选择自己的命运。人也谈不上能选择自己的妻子、情人或子女。人得到他们,拥有他们,也会失去他们。然而人并不选择!……"

岁月流逝。

阿维德·宣波罗姆在报社工作。一年后，他当上了常任音乐评论员。那一晚他碰巧评论了饰演《浮士德》里的玛格丽特的克拉霍姆小姐的初次登台后，他利用业余时间阅读了皇家图书馆里几乎所有的音乐书籍。此外他算是音乐爱好者，所以在最先出现的一个合适时机里，他取代了先前那位常任音乐评论员，那人请病假实在太频繁了。两三年后，阿维德的薪水拿到了一年2400克朗，当然他有责任干些别的，几乎什么都干。报社的经济基础还未巩固，不能给一个单写音乐评论的支付很多工钱。不过，情况在改善，人人看得见：订数和广告增多了，而且报纸比以前厚了，腰粗得像怀胎的妇人。不幸的是，运营成本增长的幅度更大，麦克尔是这么说的。不清楚谁在掏钱。亨利·斯替尔早就和报社脱了干系。在他之后来了别人，而后又来了另一人，不清楚如今究竟是谁掌控着投资中异常昂贵的大部分股权……栋科到处转悠，有时乘出租马车，有时乘小轿车，如今他几乎没时间写点什么了，不过，发薪水的日子，钱柜里都有钱。

"记得吗？"阿维德有一次对麦克尔说，"记得巴尔扎克怎么称呼报纸的吗？ Ces lupanars de la pensée,[①]这些思想的妓院。"

"嗯，"麦克尔回答，"他真那么说的，这混蛋？"

---

① 法语，意思是，这些思想的妓院。

"是，他真这么说了。"

"他真是说*思想*的？这也太可爱了！不过，他反正也是个不可救药的浪漫派。"

紧接着，麦克尔补上一句：

"亲爱的阿维德，你平时写写音乐，顺便再随便写点别的，你还抱怨什么呢？我比你离那些污秽和所有的恶劣行为更近，却还是没抱怨！我尽我所能给那些恶作剧、骗局和荒唐事使绊子，能挡多少算多少，可要是我意识到自己无能为力，我只能随它去……你永远不必强迫自己写一些违背心意的东西。我也不会。不过作为主编助理和一个经常值夜班的人，我时常感到自己是被迫地、十分违背我意愿地，放过了那些'误导公众的虚假描述'①。你可以免于这样的感觉。你写写音乐或随便什么别的就能拿薪水了。你抱怨什么呢？"

"我也没抱怨，"阿维德说，"只是每次拿薪水时我忍不住想，要是没那些'误导公众的虚假描述'，就没什么钱支付我的薪水了。"

"嗨，你这头小白驴，"麦克尔说，"你不仅有道德，还超级有道德，'虚假描述'，哎呀，我的上帝，那当然得存在。我们将不断地再次站在彼拉多那个古老的问题面前：什么是他妈的真相？②"

---

① 这里用了引号，因为引用了《新闻自由条例》里有关歪曲事实，用虚假描述误导读者群众，实属犯罪之类的条款。

② 彼拉多的问题，出自《圣经·新约·约翰福音》18：37-38。耶稣回答说："你说我是王，我为此而生，也为此来到世间，特为给真理作见证，凡属真理的人就听我的话。"彼拉多说："真理是什么呢？"

"老太婆给关在马德里了!"麦克尔手里拿着一捆电报,路过阿维德的办公室时说。

"老太婆"指的是亨伯特夫人①。那时,1902年底,这贵妇泰瑞斯和她的保险箱让报纸和世界忙碌不已。她甚至把萨克森王储妃和吉伦先生遮在了阴影里。

不过阿维德想着别的事。这正是12月20日,他的生日。而在他面前的写字台上,一只杯子里插着两支红玫瑰。坐看这两支花,他觉得尴尬,同时也觉得感动。这种事还从未发生过,在这个城市里有某个人会记起他的生日。

他大致能猜出玫瑰来自哪里。可为了保险起见,他还是去问了门厅男孩。

"是花店跑腿的男孩送来的,还是……"

"不,是位女士。"

"金色头发还是深色头发?"

"金色。"

也就是说,和他猜想的一样,是达格玛·兰德尔。几个礼拜之前,他受邀到地产大亨兰德尔先生家参加为年轻人举办的晚餐和舞会。几支舞曲后的休息时间里,他和兰德尔家三个女儿中唯一未婚的达格玛小姐坐着说话。她抱

---

① 女骗子泰瑞斯·亨伯特(Thérèse Humbert,1856—1918),法国一场殃及众人的经济政治骗局的制造者。她虚构出一个美国亿万富翁,自称是继承人,并以这笔将获得的资产为担保骗了很多钱财,让她自己和家人挥霍了20年。她在案发后逃跑,1902年12月在马德里被捕。

怨自己已经老得可怕了：

"12月20号我就26岁了。"她说。

"没错，确实吓人，"他回答，"不过，我又能说什么呢，恰好同一天，我就28岁了。"

"不会吧，真的吗，我们竟是同一天的生日？这真稀奇……"

诸如此类的话……可打那以后，他只是在外头见过她几次，完全是一瞬间，仅仅交换了几个无关紧要的字眼，而现在，她就这么带着玫瑰花来过这里了。

奇怪的是，她把花送到了报社而不是他的住处……

不过她可能猜到他不怎么在家。就是说她其实也想见到他。可无论如何，她不怕带着花来，给一个报社编辑室里的男人，一个总有人进进出出的地方……这明明会让人嚼舌头的……

这下子，他该怎么回报她的礼貌呢，也去送花？

他检查了一下自己的钱包，此刻里头没多少钱。

他拿起笔，写了封短信：

达格玛·兰德尔小姐

我感谢您如此亲切，还记得我俩同一天生日这无关紧要的巧合。而我，不得不因惭愧而脸红，我请求您的原谅，因为我完全忘了。但我无法否认，我有些感动。我生活在这个城市的差不多五年时间里，有人问起过我的生日，这样的事，此前从未发生过。

您充满感激的

阿维德·宣波罗姆

正当他把信放进信封时,麦克尔走进屋来:

"对了,我得跟你说件事,姑娘拿着花进来时,我碰巧看见。你可要小心,看在上帝的分上!老头儿兰德尔的生意可是烂到根了!"

"你以前就跟我说过,"阿维德说,"可我真看不出这两支玫瑰和生意有什么关系。"

"是吗,你看不出?这玫瑰,一支两克朗,至少。这姑娘想结婚!"

阿维德笑出声来:

"亲爱的麦克尔,你不会是想让我相信只有2400克朗的我,在她眼里是个好对象吧?"

"哎呀,不是,她根本没一点这样的概念,她觉得自己的父亲有钱,她自己是个好对象,而*她想结婚*!小心点,男孩儿!再说,我也没时间叨咕这些废话了……栋科紧张得简直要了命,他和一个新百万富翁缠上了,一个瑞克松,光这姓氏①就很值钱!事关我们度过年关!看看,谁来了,这不是亨瑞克·瑞斯勒吗,你有何贵干?"

瑞斯勒站在门口:

"来出售一则短篇小说,"他说,"价格,50克朗,可我时间仓促,得先让栋科看上一遍,我才能拿到钱吗?"

"见鬼吧,栋科如今可没时间看稿,也没时间写稿。再这么拖上几年,他就会是个文盲!"

麦克尔急匆匆写了张50克朗支票。那是瑞斯勒眼下的价码。一年前,他因为一本小书享受了小小的成功。

亨瑞克·瑞斯勒走了,麦克尔也走了,可他走到门口

---

① 瑞克松的瑞典文"rickson",前半部"rick"发音和"rik"近似,而"rik"的意思是富裕、富饶。

又折回来说：

"你要小心！从前是男人找女人，那是旧风俗了。如今是女人来给自己找个男人，而她会不择手段！"

阿维德坐着走神。他想着在兰德尔家的那个夜晚，还有他是如何得到邀请的。11月的一天，大约下午3点，他独自坐在瑞德贝里咖啡室的一张皮椅子上，看室外阴影游移。他看见人群里的建筑师兰德尔，地产大亨的小儿子，那一家的大儿子是个牧师。过了一会儿，胡果·兰德尔走进咖啡室，环望四周，发现阿维德独坐在沙发上，便走了过来，坐在阿维德身边。他们在一些开心的场合见过几次，熟到能以"你"相称。

"我要给你看样东西！"兰德尔说。

他从口袋里掏出几幅图画。那是关于重新规划和建造全斯德哥尔摩最中心、住民最多，而交通线路又最糟糕的街区的建议。

阿维德研究了那个方案，提了问题也得到了回复，试着去理解那些细节。总体上，他觉得这方案是个好主意，可他并不清楚是否可行。

"你觉得怎么样？"胡果·兰德尔问。

"很好，可这是什么意思，我不太懂。"

"你能用在你们报纸上吗？我当然不是要图什么，只想把这事公布出去。"

"我当然可以试试，不过，我并没有多大的影响力。"

他们沉默了一分钟，看着外头光影的嬉戏。

外头走过一个人，又一个人。而艾琳·布鲁彻从那儿走来了。

艾琳·布鲁彻是个深色头发的年轻姑娘,高挑而瘦削,有一张苍白而有趣的脸孔。除了她的名字艾琳·布鲁彻,阿维德对她一无所知。他时常见她在街上走过,大约有半年了,他对她产生了一些隐秘的迷恋。

"那是艾琳·布鲁彻。"胡果·兰德尔说。

"你认识她?"阿维德问。

"当然,她跟我妹妹达格玛是好朋友,时常一起在我父亲家玩耍。"

"很优雅的女孩。"

"你这么看?也是,人各有所好,你认识她?"

"完全不认识,只是见她在外头走动。"

"如果你想认识她,我能给你安排。大约一个礼拜之后,在我父亲家里有一场年轻人的晚宴和舞会。要是你肯来,我可以安排给你发送请柬。在那儿你就能遇见艾琳·布鲁彻了。"

"哎呀,谢谢,行啊……让我再看看你的提议。"

阿维德研究了那个方案,严肃地研究了好一会儿。

"我会尽我所能让它见报,"他说,"任何和城市外观的变化有关的事都值得关注。你总有相关的文字材料吧,你有吗?"

"有,可我没带在身边。明早我可以给你送去。你再加点新闻性的调料当然也是好的。"

他们握手道别。几天后,胡果·兰德尔那个项目的计划、简介和文本登上了《国家报》,还挑起了兴趣和讨论。一个礼拜后,阿维德成了人称兰德尔经理的地产大亨兰德尔家年轻人晚宴上的一名客人。

他果真遇到了艾琳·布鲁彻,和她跳了舞,还说了话,关于天气、亨伯特夫人的保险箱,还有些别的。不过从他和艾琳*说话*的那个瞬间开始,魔法就破了。她依然是个非常甜美的姑娘,却与他以为的截然不同。怎么说呢,她更普通。她吃着巧克力糖,脑子里似乎没一点别的。

不过,在这个夜晚,有好几次,他看见达格玛·兰德尔小姐的眼睛牢牢地盯着他,带着一副表情,好像在说:"你看上去是个好男孩,你想跟我玩吗?"

* * *

阿维德走在前往"自北方"[①]用晚餐的路上,雅各布教堂的钟声表明,已经4点半了。

似乎并不会有真正的冬天,是些多云的灰灰冷冷的日子,有时来一阵雨夹雪。阿维德向往雪。他想起自己遥远的家乡,在那里,老父亲独坐在圣诞桌边,连续已是五个冬日。他有两个兄弟,都长他那么几岁,黑尔曼,那个老大,一事无成,或者说更糟糕的是,他去了美国,已经好些年了。另一个,埃瑞克,在西海岸一座小城医院当医生。至于阿维德,他在过去五年里,没法在圣诞期间离开报社,年尾年头是报社最忙的时节,就和邮局、火车站一个样……

哎呀,对了,口袋里还放着给达格玛·兰德尔的信。

他走到阿森纳斯街角的邮筒那儿,把信投了进去。他刚转过身来,就看见兰德尔小姐从身边经过。

他跟她打招呼,而她停下了脚步。

---

① 原文是法语,"Du Nord"。

"那封信是给您的，"他说，"只是一封短信，谢谢您的花。我觉得自己不配，也真是过意不去，我又没给您送什么花……"

"不用，您干吗要这么做呢？"她回答，"《圣经》也好，日历也罢，都没说得在生日里送花的。可要是有这兴致就会这么做。而我就是有了兴致。您这是去哪儿？"

"我打算去'自北方'进晚餐。"

"您很饿吗？"

"那倒也不是。"

一个小小的停顿。

"我们家从不在6点前进晚餐，"她说，"而且太早回家实在没劲。您能陪我散散步吗？朝着船岛方向？"

他们走过大饭店，那里，是从酒吧那儿流出的泛红的光影，他们走过国立博物馆，走过船岛桥。

在船岛，他们站在一棵光秃秃的大树下，枝干投下骨架般的阴影。

他吻了她。

他们亲吻的正当中，他想，这不过是这种情形下最简单的礼貌。

他们清醒过来，默默站着，盯着激流河里黑色而奔腾的水，镜子般的水面闪闪发光，映射着码头上一排排灯笼发出的螺旋状光影。

突然，他想起麦克尔的话，她想结婚。

他抚摸着她的手。

"亲爱的，"他说，"你一定也明白，我甚至都没法设想结婚的事？"

她垂下眼帘，过了一会儿，才回答：

"我根本就没考虑这个。"

他们在码头上来来回回走了一会儿。她说：
"我得承认，我送花的确有一些小小的动机。"
他抬起头，带着疑问。她继续说：
"我很想有一份工作，有独立的收入。总跟父亲索要一切实在不舒服。你能不能帮我在报社找一份活呢？写写妇女时尚、社交生活之类的？"

阿维德盘算起来，妇女时尚方面，有这人那人在写，社交方面，一个天生的伯爵夫人在写，她的姓氏《奥德纳的历史》[①]里就有。

"这恐怕有些难度，不过我当然可以试试。"
他们挽着胳膊往回走，过了桥。
"跟我说说，晚餐之前过早回家怎么就那么没劲呢？"
"因为家里很没劲。"她说。
他便不再多问。
他们快分手时，她问：
"我们下次什么时候再见？"

阿维德想了想，他今晚能请假吗？没错，没有歌剧院的演出，也没有音乐会，他没什么特别的事需要处理。

于是他说：
"我会坐在家里，一晚上没劲，你愿意上我那儿去吗？"
"几点？"

[①] 《奥德纳的历史》是瑞典历史学家克拉斯·奥德纳（Clas Odhner）1868年受教科书委员会的委托编写的瑞典历史教科书。这套书曾为几代人使用。

"7点,你来得了吗?"

"我试试……"

……阿维德·宣波罗姆到"自北方"用晚餐。他点了肉丸子和棕豆。

虽然他刚过了28岁，阿维德·宣波罗姆的性经验十分有限。除了他时而怀念的卡尔斯塔德的克拉瓦特太太，还包括他在夜的街头遇见流莺的那几次稍纵即逝的时刻，而出于最好的意愿，他不会在第二天认出她们来，除非是因为帽子和羽毛长围巾之类，从不是因为脸孔。还有四年前的一个小小甜甜的女店员，就是莉迪亚结婚那年，他偏巧让那姑娘怀了孩子，这话也不能说得那么肯定，她有过未婚夫，可未婚夫不见了。

这在当时当然是很严重的事。他给父亲和哥哥埃瑞克还有弗劳提格写了信。父亲从自己微薄的收入中抽出钱来，给他汇来200克朗，没有道德说教。哥哥埃瑞克也汇了这么多，*外带道德说教*，弗劳提格借他500克朗。这事就这么平息了。那孩子，一个男孩，阿维德把他安置在松德比贝里一个体面的匠人家里，而孩子母亲，因为弗劳提格的介绍，找到了比先前更好的工作，如今干得不错。阿维德每个月固定为孩子支付35克朗。

这一事件后，他下了决心，也定了个生活规则，一个必须绝对遵守、不容更改，也不允许任何例外的规则：绝不再引诱一个贫穷的女孩，至于说引诱一个富家女，他甚至算不到有这等事。在需要面前投降，跟一文不名的单身汉生活里不可少的污垢和丑陋和平相处，直到时间到了，那时他有能力构建家与家庭，同时也找到了他想共同构建家与家庭的那个人。

眼下，他的决心和规则第一次置于检验之下。他立刻对诱惑投降了，立刻"破了例"，和达格玛·兰德尔在一起怎么说都是另一回事。在这一情形里，他几乎无法用引诱者的荣耀装饰自己。因为她向他招待着自己年轻而丰满、金发碧眼的美，他要是不接受那他就是个傻子……

当然，她首先还是问了那个必要的问题："你爱我吗？"

而他自然是回答："我爱你。"因为不这么说，就没法继续。

爱啊爱……

他一度失去了所谓"自己的初心"。他有个固定观念，至少要花上七年才来得及长出一颗新的心来。可一个人自然的本能并没有因此而休眠，远远没有。他如今得到的和他平常习惯的相比真是天堂。所以，他说："我爱你。"可他的意思是：爱，我做不到，但我可以做爱的行为，演爱的猴戏和默剧。

几乎每一天，她都潜入他的房间，都在晚上七八点。他住在图勒伯爵街带家具的一间公寓里。通常在快要10点时，他送她回到她家门口，而后他走到瑞德贝里或"自北方"喝上一杯，或是去报社。有一天晚上，他对麦克尔说：

"顺便说一句，你误会兰德尔小姐送花的目的了。她不是想结婚，她想在报社谋一份工作。"

"相比之下，那倒是清白无辜的了。"麦克尔回答。

* * *

一年之中，阿维德·宣波罗姆一般只和父亲通那么几封信，并且都很短，可每年的新年前夜他会写上一封又长又详细的汇报。眼下便是如此，这是1902年的新年前夜，他写道：

亲爱的父亲：

我衷心祝愿您新年快乐。新年里我的薪水维持不变，不过，栋科博士已许诺让我在夏天休一点假，希望届时我能在阔别六年后，再度见到我亲爱的儿时家园。

过去这一年的秋天，我稍许走入了首都社交圈。数次受邀去总领事鲁宾家进晚餐，当然，那是因为麦克尔的介绍。在那里能见到各式各样的人，总领事家的宅子特别大，这种聚会总是十分有趣。我也拜访了兰德尔经理家，您恐怕有时在报上见过他的照片，和各种工程相关。甚至莱维尼教授也很客气，请我到他家进晚餐，遗憾的是，那时我忙于歌剧院的新剧目，那差不多是秋天里我最厌烦的事了。现在，圣诞和新年期间，我出城在多岛海弗劳提格的地盘上消磨几日。

至于我的经济状况，您知道，我归还了埃瑞克的200克朗。麦克尔借我100克朗，尽管他自己有好多糟心事。不过弗劳提格的500克朗我还欠着。

对我们这些卖文的记者来说，圣诞夜是一年里少有的假日之一。上午我去松德比贝里看了我的小男孩。他生着我们家的眉眼，眼睛和前额那儿有一些东西我无法描述，但这些让我确信，他是我的儿子。

关于联盟问题，亲爱的父亲，您也知道，我的想法自然和您的完全不同。最主要的是，我认为您对老让-巴蒂斯特非常不公，因为您指责他没在1814年让挪威成为瑞典的一个省份。首先，我怀疑他有那么大的能力。其次，我怀疑那样会给我们带来任何喜悦。最后，不只他有那样的看法，分享他的观点的主要还有阿德勒斯帕瑞、耶尔塔以及其他"1809年的男人们"[①]。不过，在当时的瑞典，有一点他是唯一的，拥有完成他做的那些事的能力！他的后继者，这里我并不单指或主要指宫廷里的后继者，而是指整个的直至今日的瑞典领导阶层，搞砸了他的成就，所以这绝不可能是他的错！

事情发展到现在，联盟已经成为瑞典的软肋和危险。挪威想脱离联盟，所有迹象都指着这一方向，领事冲突只是临时选用或提供的形式和借口。眼下的情形是，挪威会利用最好的机会，比如说瑞典和俄罗斯之间可能会有的一场战争来背弃瑞典。目前这样，联盟无意义，或者会让事情更糟。是的，保持现状，就像博斯特罗姆政府看来想做的那样，只要现任国王还活着，很可能会继续运转下去，但不可能永远运行。按目前的状况，这联盟应该解散，瑞典应该采取主动。人们能在这里那里的右倾媒体上读到这些想法，不过那只是愤怒和坏脾气的小爆发。取而代之，这些本该更严肃地由政府提出。因为联盟（纸上的）添给瑞典的积极防御力量微乎其微到了可笑的地步，而另一方面，我们和挪威模棱两可又不确定的关系在关键时刻会造成灾难。

所谓模棱两可，我指的是以下情形：联盟法案第一段和挪威基本法第一段里声称，挪威"是一个自由和独立的国家"。然而，作为同一法案的延续，挪威实际的国家法律地位是，有自治权，但并没有主权。

亲爱的父亲，作为一个瑞典人，若看到瑞典处于

[①] 这里指1809年3月一场政变的成员。

这样的境地，您一定不会真的满意。那么您能责怪挪威人不满意他们的处境吗？

您的儿子
阿维德

1903年在世界史上没留下什么特别深刻的痕迹。这一年瑞典放弃典当了的维斯马主权,将它交给梅克伦堡大公国。这一年,良十三世逝世,红衣主教萨托成了教皇。这一年,塞尔维亚的亚历山大和德拉加遇刺,而黑彼得成了国王!

也正是这一年,当时……

* * *

阿维德在他的报社工作。他也做了爱的行为,演了爱的猴戏和默剧。可他天生有一种把一切都做到最好的雄心,也包括生活给予他的欢乐的碎屑,就这样,有时候在某些瞬间,他也能说服自己,他爱达格玛。而要说服她则一点不费事。

从未谈起婚姻——几乎从来没有。整个冬天和春天,只有一次,达格玛触及了这一话题。

那是5月的一个晚上,他记得这一天,因为在同一天里,他参加了斯诺伊尔斯基的葬礼,并给报纸写了篇报道。

那是黄昏,他们走在回她家门口的路上,走在恩格尔布雷克特街,而后在蛇麻公园一棵老树深沉的阴影下停下了脚步。

她说:

"我很明白,你不想结婚。如今几乎所有的婚姻都会不幸福。可是,告诉我,真只是因为你结不起吗?"

他拖了片刻才回答。

"我从未说过我不想,"他说,"我说过我不能。"

"没错，可是，"她看着地面，垂着眼帘，"可是爸爸说过，如果我结婚，他会提供一年2000克朗用于家庭开销，就像他对伊娃和玛吉特提供的一样。"

伊娃和玛吉特是她的两个已婚的姐姐。

"可是亲爱的，"他回答，"我不想在经济上对你父亲有任何依赖。到如今，我也相当能养活我自己了。"

而后，他补上一句，带着一份情绪，觉得每个字眼都很重要：

"既然你问起来，我想对你完全坦诚。并不只是因为我结不起婚，还有些别的原因。我独处的需要强烈又必不可少。这当然并不是说我必须始终独处，独处一整天。可我需要有权独自决定开始，特别是有权独自决定结束我的一天。独自思考，独自入睡。我想我不适合婚姻和家庭生活。"

他们默默地站了一会儿。附近一张椅子那儿传来两个低低的声音，一个女子的嗓音："可你保证过的……"还有一个男人的嗓音："没错，人有什么不能保证的……"

阿维德和达格玛相视一笑。

"我们至少没相互保证过什么，"他说，"你不也觉得这样最好吗？"

"没错，"她回答，"我自然很理解你。"

他把她送到她家门口，转而往报社去。他还是在使用托斯滕·赫德曼的房间，只要那里空着，可这会儿他发现莱维尼教授坐在写字台边。

"抱歉，"教授说，"我是不是占了你的座位？不过，我马上就忙好了……"

"一点没事，教授……我就打个电话。"

他给地下室打去电话，讨要他写的葬礼报道印样。

"对呀，"莱维尼教授说，"你参加了那个葬礼，难道不是个丑闻吗？不是很过分吗？我是指那个牧师！和八年前他在克拉拉教堂对着维克多·瑞德贝里的尸体说出的蠢话相比，简直还要糟糕，那时他把维克多分到'前院'位置上去，好像他有那把神圣的、至圣之地的钥匙似的！作为回报——过去这叫作'尸体费'——他获得了维克多·瑞德贝里在瑞典学院的那把椅子！"

印刷间男孩送来了印样。

"我能看看吗？"莱维尼教授问。

"请吧。"

莱维尼快速扫了一遍细纸片。读到牧师的演说那段时，他笑了，黑胡子直打战。牧师演说报道得简短、扼要，不带评论。"作为对卡尔·斯诺伊斯基热烈的虔诚的证明，牧师指出，垂死的诗人没反对医院走廊和台阶上的圣歌演唱……牧师以温暖的祝愿结束了讲演，祝愿这个在人间时距地上的君王那么近的诗人，到了天堂也能和天上的君王挨得一般近。"

"真是骇人听闻，"莱维尼教授说，"真的，您可以嘲笑它，宣波罗姆先生，不过要意识到一件事，这块不可思议的史前老圣骨坐在瑞典学院里，并且是决定谁得诺贝尔文学奖的人中的一个！"

麦克尔突然出现在门口。

"好啦好啦，"他说，"这实在是最小的事故。谁得诺贝尔奖都一样。诺贝尔的遗嘱是傻瓜的遗嘱，试图以某种理性的方式去执行它，纯属无解的问题。不过，阿维德，我要跟你单独说几句，上这儿来！"

他把阿维德拉进一间昏暗的房间,也就是"外务大臣"房间,同时关上了和隔壁房间相通的一扇门。

"你坐下,"他说,"达格玛·兰德尔小姐最近上这儿来找了你三四趟。*就是说*,你和她之间一定有点什么。我预测有三种可能。第一,你闪电般爱上了她。如果是这样,我只能闭嘴,对事情的发展拭目以待。这看起来也还是可能的,因为那姑娘确实甜,也因为你还没给惯坏了……"

"哎呀,亲爱的麦克尔,兰德尔小姐关你什么事?"

"别打断我。第二种可能,是你觉得找到了好婚配。不过你还不至于那么白痴吧。更可能是第一和第二种的混合,就是说,你有那么点爱她,并且你觉得自己找到了满意的婚配……"

"说真的,麦克尔,这可扯得太远了,而且这对你有什么影响?"

麦克尔沉默了一两秒钟。

"没影响,"他有些干巴巴地回答,"自然是对我毫无影响。可要是你碰巧走在街上,遇见一匹脱缰的马,纯属冲动,就想冲上去拦住这匹马,如果马车里的先生对你喊,该死的,你这位先生在干什么呢,弄得我的马狂奔?那你可能有些惊讶。"

阿维德只好笑了。

"你这个比方腿瘸得厉害,"他说,"我总不能同时既是那匹马又是马车里的那位先生吧?"

"一点儿不瘸,"麦克尔回答,"你*同时*是那匹马也是马车里的那位先生!我们是不是应该谈谈康德?宣波罗姆als Erscheinung[①],那是马,或更确切地说,带着马车的脱缰之

---

① "Erscheinung"、"Ding an sich",德语,康德提出的概念,分别指"显象"和"物自体",也就是"自在之物"。als,德语,意思是作为。

马,一个整体。宣波罗姆als Ding an sich,那是马车里的先生。那匹马是感性世界一员的宣波罗姆,那马车里的先生是作为理性存在的宣波罗姆——就是说当他没像我们讨论的那辆马车里的绅士那样非理性地表达自己的时候!"

阿维德若有所思地坐着。

"我们别吵了,麦克尔,"他说,"这么顶真地跟你谈这事,也许是我的错。不过,我可以让你放心,我,以我的荣誉和良心保证,我就没有找什么好婚配的念头。"

"好,"麦克尔回答,"这样的话,我们就进入第三种可能性,就是说她爱上了你,而你不爱她,没超过任何一个正常男人对一个好身材女人的爱,可你*利用*她以及她的爱满足自己的感官欲望。这符合人性。可这是卑鄙的!不能这么做!让我们再说说康德吧,永远别*利用*一个人,别只是利用她!这是卑鄙的!"

阿维德感觉自己变得有些虚弱。

"你错了,"他说,"事情进展得比你以为的复杂。我自己找不到解决办法,可既然我们提起了这个话题,你到底是因为什么觉得我和兰德尔小姐有某种亲密关系的呢?"

"在你这方面,毫无缘由。你从不提起她,如果别人提起,而你在场,你只是沉默或心神恍惚地说一声'兰德尔小姐'。你很谨慎,这完全正确。可要是她很孩子气,给你送花,到这儿来找你,那有什么用呢?门厅里当差的男孩们谈论你和她,那么你的谨慎又有什么用呢?你不想结婚,不想,你也结不起。不过,这不取决于你想怎样,而取决于会发生什么!人并不选择,人选择命运之少就像人选择父母或自己,选择体内的力量、性格、眼睛的颜色、大脑的卷积。每个人都明白这一点。人也谈不上选择自己的妻子、情人或子女。人得到他们，拥有他们，也会失去他们，然而人并不选择！"

回家路上，阿维德·宣波罗姆想了又想。
"人并不选择。"
他想着说这话的麦克尔，"人并不选择"。
麦克尔是个单身汉，不过，他曾深陷和一个女人不幸的旧恋情里，那女人不那么年轻了，可还是足够年轻，来和几乎随便什么人一起骗他。

* * *

夏天流逝。
达格玛·兰德尔和她父母一起在多岛海上兰德尔家的乡间别墅度假，就是说达格玛的父亲和继母，她的亲生母亲不在了。夏天的大部分时间，阿维德·宣波罗姆几乎都在城里。这期间，有那么两三次，他收到去兰德尔堡的邀请，兰德尔堡是他们在韦姆德岛的别墅的名称。可他忙于城里的工作，或更确切地说，他不敢，他尽量不去拜访她的家人。这一家人很亲切，也很友善，但他完全不相信达格玛的自控力。他担心她随时随地会说出不假思索的话来，比如在饭桌上对他以"你"相称，或是她对待他的整个方式会泄露本该保密的一切。
她反正时不时地回城里来，所以他俩也能见上面。
8月，他去了韦姆兰省，在儿时的家里住了几星期。一切都和从前一样，蛇麻藤和从前一样郁郁葱葱地爬在门廊那儿。也和从前一样，风在高大而古老的白桦里呼啸而过。别处长不出那么高大而美丽的白桦。
老人还是以前那个样，只是和六年前相比头发有些发白，也许还有些寡言少语。父子间的谈话总是只有短短的回合，老人提出的简短问题，而后是稍长一些的儿子的答案。

"男孩儿长得好吗？"

"好，他聪明又可爱。图书装订工和太太很喜欢这孩子。"

"他妈妈怎么样？"

"她在店里上班，没那么多时间去看他。我反正时常有事要在松德比贝里处理，装订工也装订我的书。"

"他叫你什么？我是说，男孩。"

"最近他开始学着叫我爸爸，先前，他叫装订工爸爸，叫我叔叔。"

"嗯，他现在几岁了，4岁？很快他就到了那个年龄了，该回到一个家庭里，有他父亲所属的阶层。我愿意让他上这儿来，这里有新鲜空气，是个能让孩子健康成长的地方，可我老了，恐怕很快就要死了。我担心老萨拉理解不了孩子。当然，她有过一个孩子，可那是50多年前的事了……"

女管家老萨拉捧着潘趣托盘出来了。

"干杯，阿维德。"

"干杯，父亲。"

停了一会儿，父亲问：

"这事到底是怎么发生的？"

"我坠入了情网，"阿维德答道，"但其实不是和她。我爱上了一个我没法得到的姑娘，因为我没法供养她。她嫁了个有钱人，她自然是做了个正确的选择。不过在同一座公寓里有个还挺甜美的年轻姑娘。她是国王坡一间比较简单的男士服装店的店员。我在她那儿时不时买点东西。有那么几次，我在商店关门前购物，我们便一同走回住处。我们会在楼梯那儿接个吻。我爱的姑娘举行婚礼的那个晚上，我也想有个婚礼。所以就那么做了。"

"嗯，当今奇怪的道德。不过，话说回来，道德也确实一直有些奇怪。"

"我不得不说，这归功于她，"阿维德说，"她对这事的临时性和随机性有本能的感受。她有个未婚夫，她爱他也许就像我爱她那么多，也许还不如……男人和女人有时都会被本能和渴望捕获，用道德或理性的眼光来看不那么容易。"

"没错，没错，"老头儿说，"我想我听说过这样的事。"

短促的停顿。

"那么，她没要求过结婚？"

"一刻也没有。她明白这只是个意外。那时，我帮她解决了意外，这事儿就结了，我靠的不是自己的力量，您知道的，父亲！如今她在自己的海里航行，从不试图和我有任何交集。我不曾照面的她那个未婚夫一闻到烟味儿立刻走开了，他恐怕是个最普通的人。而我对她而言也许是童话、历险，谁知道呢？谁知道在一个渺小而贫穷的女店员的想法和梦幻里，生活会呈现什么模样？总之，打那以后，她从未以任何方式试着来找我。"

"你有时会见到她吗？"

"很少。有一次我们在松德比贝里碰上。她叫我别在她眼下工作的店里买东西。她想忘了，她说。不过我通常在圣诞节给她寄一份小礼物。"

"我还是很想见见你的小男孩，"老人说，"我考虑了这事。我们有个新牧师，你知道的。他姓永贝里，结婚六年了，没孩子。他也许可以照顾你儿子，费用就照支付装订工的给。如果他收费更高，多出的部分我可以付。去年我付清了自己最后的一笔债务，所以现在我没问题了，手头还略有盈余。当然，你是个自由思想者，也许不希望自己的儿子在牧师宅邸长大？"

"那不是最要紧的，只要他是个体面人。我觉得能得到这个国家同时代的孩子普遍能得到的养育是最好的。原则上我不认为靠这种或那种确定的人生观来养育孩子会是一件好事。影响往往正相反。最好让孩子自己到时候在凌乱中找到对的路径，以此试炼自己的力量……不过，牧师是个什么样的人呢？"

"体面人，一点儿没有书呆子的痕迹，完全和普通人一样。他太太有些娇弱而忧郁，除此之外，也是个可爱的人。"

"哦，这样啊，那总是很值得考虑。不过还有件事。说到私生子的问题，有亲权的是母亲。父亲只管付钱。所以这事取决于她会怎么说。"

"行，那你写封信问问她！"

阿维德给阿尔玛·林德格伦写了信，提出这事并询问她的意见。

与此同时，老人把这事和教区牧师永贝里夫妇说了，他们很乐意照管男孩，可他们希望能作为自己的孩子免费领养。

"他是永远不会同意的，那他宁可把孩子留在图书装订工那里了。"林业管理员宣波罗姆说。

阿维德亲自去和教区牧师交涉。牧师是个约40岁的男人，结实、面善，看起来很智慧。他太太很友善，有些苍白而单薄，30多岁。

阿维德说："永贝里牧师，我出生并成长于这个教区，所以我知道教区范围很大，可居民总数并不高，收入有限。我很明白，您乐于帮我儿子是因为纯粹的人类之爱。可一般看来，一个父亲总得尽力供养自己的孩子。我这么做到现在，还想继续做下去。"

"安娜，"牧师对太太喊，"给我们拿点白兰地和水来！"

他们坐在爬满蛇麻藤的廊台上。

"嗯，"牧师说，"我理解并高度赞赏这个想法。"

他们达成共识，每个月40克朗。

阿维德询问牧师，对教区道德状况的印象。

"非常好，1823年以来就没发生过一起谋杀，最近的一次过失杀人是在1896年，那其实说得上一起事故。偷盗大约四年一次，入店行窃更常见些。不合法的性关系是唯一的罪，在本教区和在其他地方一样势头蓬勃。不过这事也简单，婚礼和受洗一起办。顺便说一句，我也不那么老派吧，我们不能丢开头衔称呼彼此吗？我是81年毕业的。干杯，兄弟！"

"谢谢。干杯！"

几天后，阿尔玛·林德格伦的回信来了。

"我也没法替我的小冉格纳做些什么。阿维德和他父亲能为孩子做出更好的安排，我不该对此有所反对。"

* * *

9月，阿维德回到了斯德哥尔摩。

他回家后，达格玛第一次来见他的那个晚上，还没进门她就控制不住而令人震惊地哭了。

"哎呀,这孩子……这是怎么了,出了什么事吗?"

她哭了又哭。

终于,她平静了许多,足以开口说话:

"我继母听到些关于我俩的闲话。她立刻透露给父亲。倒也不是出于恶意,她不是不厚道,可她靠嚼舌根活着。父亲火冒三丈,找我盘问。起初,我自然是打算否认,可我太难为情了,而且很困惑,所以我觉得自己否认不了。所以我就说了……"

"是吗,你说了什么?"

"我说,我们俩秘密订婚了。"

他不语。她也不语。

"嗯,"终于,她开口道,"不然,我还能说些什么呢?"

"不能,当然不能……确实,你没法说什么别的。那么,你父亲怎么说?"

"他先是骂我婊子,以及所有可怕的字眼。而后他平静下来,说他维持先前说过的一年2000克朗家用费,如果我们结婚。他没说你任何不是。"

……他站在窗前,手摆在身后,看着九月的暮色。"秘密订婚。"一颗孤独的星星在苍白的秋夜天空里微弱地闪烁。那么,他现在是秘密地订了婚了。这可是个意外的消息……

她将手臂环绕在他脖子上,嘴巴贴着他的耳朵悄声问:

"你真是完全不可能结婚的吗?"

"对我来说恐怕是不可能的。"他回答。

她的手臂从他脖子上落下来。他俩都沉默了。他盯着外头越来越灰、越来越暗的蓝色。

突然,他听到身后的啜泣声。她已经一头倒在了床上——她哭了又哭。

他走过去,双手捧着她的头:

"别哭,"他说,"别哭!小家伙!我们可以试着做这不可能的事!"

……他俩的唇相遇在一个长长的吻里。

几天后,穿双排扣长礼服的阿维德,按响了兰德尔家的门铃。

达格玛在门厅迎他,她已让父亲和继母对他的来访有所准备。

在大客厅里,希尔玛·兰德尔夫人、雅各布·兰德尔经理的第二个夫人接待了他。

几年前,她有过别的名字,和别人结过婚。不过在兰德尔成了鳏夫后,她匆促地和自己的丈夫离婚,成为兰德尔夫人。眼下,她大约40岁,深色皮肤,华丽、丰满,前后都是,按多数男人的口味来说,她依然很有诱惑力。在很多首演式以及几乎所有公共活动上都能看见她,无论她丈夫是否在场。有好几次,报纸提及她的服饰,那是她生活中最骄傲的时刻。

她没孩子。

兰德尔夫人以半是母亲、半是暧昧的微笑接待宣波罗姆先生。

"哎呀,小达格玛跟我们说了您要来。这就像安娜·诺瑞在《美丽的海伦》里演唱的,爱,我们得有,即便只得那么一丁点……我丈夫在他房间里等着您呢,这边来!"

她在他前头走着,带着路。

"雅各布!"她喊着,"雅各布!"

兰德尔经理站在自己房间门口。

"那么,这位是宣波罗姆先生了。欢迎。嗯,达格玛已把所有的关联跟我说了。宣波罗姆先生来一杯潘趣吗?"

"谢谢。"

兰德尔经理六十出头。他有一捧令人肃然起敬的铁灰色牧首胡子,左侧有道白条纹。头发白了。

"那么,"他说,"宣波罗姆先生是报社的人。如今这职业不像以前那么糟糕了。可不管怎么说,嗨,一年2400克朗,我出2000克朗,就有4400克朗,有点紧,不过年轻人不能要求太高。我们就从丢开头衔开始吧,你可以叫我叔叔。干杯!"

"干杯,叔叔!"

"干杯。你工作的那家报社,势头还好吧?"

"应该还不错。"

"几天前我在晚宴上遇到栋科,他想叫我买报纸的股票。"

"这就让我陷入所谓利益冲突里了,"阿维德说,"作为报社员工,我该劝叔叔买。可作为叔叔的准女婿,我得提出忠告。"

"嗨,我反正也没什么闲钱去买!一文也没有!时代不好。我给你看看一幅画吧,几个月前我在巴黎旅行中买下的。"

他拧开电灯,好展示一幅画得平庸而老套的画,画的是无靠背长沙发椅上一个裸体的女人。

"怎么样?是不是很迷人?这是个有名的画家。"兰德尔经理说。

他走向橱柜,放下盖板,拉开柜子里的一只小抽屉。

他有两个"真正"的勋章,瓦萨和圣奥拉夫。他把它们放在卡尔贝里首饰盒里。此外,他是众多秘密兄弟会成员。木匠勋章、科尔迪努勋章、海王星勋章……他拉出一大堆丝带和星星,丝带现出彩虹里的所有颜色……

最后,他说:"这是秘密抽屉,明白吗,这里藏着我的共济会徽章,那我可不给你看!谁也不给看!"

"我没那么好奇。"阿维德说。

"很好。不过你应该加入共济会,人还年轻时应该那么做。那样才能有长远的发展。对了,你明白挪威人大惊小怪些什么吗?他们明明拥有和我们一样多的自由,也许还更多。他们实在太舒服了,真是有病。去年冬天我在兄弟会对国王说:陛下应该将50万挪威人迁到瑞典,而将50万瑞典人,特别是社会主义者迁到挪威,让他们胡乱结婚,这样,就成了一个民族!"

"是吗,那国王对此怎么说?"

"哦,他只是笑。嗯,不过这不是我们打算谈论的。你欠着什么债吗?"

"也不多,我羞于提起……"

"不,就直接说出来吧!"

"可是亲爱的叔叔,"阿维德说,"我自然不曾有一刻想过要让叔叔您为这事费心……我欠一位朋友500克朗,就是这。叔叔,请将这事留给我和我朋友处理吧……"

"那可不行!这事我会处理。我女婿可不能欠债!你和谁借的?"

"赫尔曼·弗劳提格……"

"这么说你跟他熟?他是个了不起的老男孩,我在绅士俱乐部认识他……"

兰德尔夫人把头伸了进来。

"嗨,"她甜甜地问,"先生们达成共识了吗?夜宵备好了!"

兰德尔经理庄重地站起身。

"把达格玛叫来。"他说。

达格玛脸色羞红地走进来。

"行了,我的小姑娘,"兰德尔经理说,"就是说,你现在可以得到你想要的这个男人了。我希望你们俩让彼此幸福。特别要提醒你们俩都把这句话放在心上,那是旧《诗篇》里的一节,'不可奸淫,因为那会招致极大的苦痛',这是真理,我有经验,嗯!现在让我们喝上一杯,吃上一片开口三明治吧!"

订婚在达格玛姓名日,于兰德尔经理家盛大的晚宴和舞会上得以宣布。最尊贵的客人,那个将女主人带到餐桌边的是内阁大臣隆德斯特罗姆,他是达格玛的生母、经理第一任妻子的远亲。兰德尔经理也让阿维德请了些报社的人来。所以栋科和麦克尔也在来宾之列。此外是雅各布·兰德尔的孩子、女婿、媳妇和近亲。长子、牧师哈罗德·兰德尔和他太太、娘家姓普拉汀的,以及财大气粗的丈人和丈母娘、股票交易人普拉汀夫妇;胡果·兰德尔,那位建筑师和妻子,以及富有的丈人。达格玛的姐姐们,伊娃·冯·佩斯特尔和她丈夫、骠骑队中尉;玛吉特·林德曼和她丈夫,一个前途无量的证券交易人。还有许多其他的人。弗劳提格也在。

晚餐后,麦克尔试图和内阁大臣隆德斯特罗姆谈谈挪威问题。

"嗯,嗯。"内阁大臣隆德斯特罗姆说。

……而舞会继续……

阿维德和麦克尔在回家路上同行了一段。

麦克尔说:"关于你丈人的经济状况,我可能查得不对。我以为他随时都可能爆了的。可也许他还能利用亲戚和其他关系让自己漂上几年。可一定持续不了太久……"

他们在一个街角道别。

"恐怕你总归是对的,"阿维德说,"人并不选择。"

"没错,并不选择。晚安!"

"晚安！"

阿维德·宣波罗姆走回家去。

跟平常一样，他摘下怀表，挂在床上方的小钉子上。他把钥匙、硬币袋、钱包、笔记本摆在床头柜上。然而有一张小纸片从笔记本里掉出来飘到了地板上。

他把它捡起。一张小小的铅笔素描。秋天的风景，光秃秃的柳树和静止的灰色水面，灰色天空下飞行的迁徙鸟，背后有一行字："我想出去，出去，哦，跑到很远，很远，很远。"

他思忖着。一年又一年，这张小素描，这短短的几行字跟随着他，从一个笔记本走到另一个，这些年里，他消耗了至少50个笔记本了。

"我想出去，出去，哦，跑到很远，很远，很远。"

……

他将小纸片放进橱柜抽屉里，那个他收藏了些小纪念物的抽屉里。

* * *

婚礼于1904年2月10日举行，同一天，报童们在猛烈的暴风雪里奔走在街头，高喊着兜售号外：*俄罗斯和日本交战！*

雅尔玛尔·瑟德尔贝里自画像，作于1895年

III

"无论如何,在自己贫瘠的生活里,至少得有一次,能允许自己试着找到通往自己的陶尼泽湖的路……"

阿维德和达格玛·宣波罗姆在一起过得非常幸福。1904年12月,他们的小女孩诞生了,她的洗礼名是安娜·玛丽亚。受洗时出了个小事故,所幸弥补起来还算容易。

结婚时获得的礼物——一只水晶碗摆在一张小桌上,桌后站着牧师,那是哈罗德·兰德尔,宾客们站成一个半圆形。牧师开始讲话:

"以圣父、圣子和圣灵的名义,阿门!"

这时他停顿了一下,朝着水晶碗弯下腰去,"不过,"他补上一句,"我们不是该在碗里加点……水的吗?水,"他以一副几乎是来自天国的微笑说,"当然并不是寻常之水,[①]可这毕竟是仪式的一部分……"

阿维德拿起碗,猛地往水管那儿奔去。

下一个秋天,又有个女儿降生。她受洗为阿斯特瑞德,这一回,碗里有水。

正是这一年,联盟瓦解,国王哭泣,而埃瑞克·古斯塔夫·波斯特罗姆,那时的首相,从椅子上跌落下来。而他的继任者,比当时人们期待的有更清醒而冷静的头脑,挨了骂,也从椅子上跌了下来。其后是老让-巴蒂斯特的孙子的外孙,以哈康七世的艺名爬上了金发哈拉尔德的王位。

*　　*　　*

阿维德和妻子过得很幸福。不过有时候,他对未来感

[①] 这句话出自《路德小问答》,路德解释洗礼,表示洗礼用的不只是寻常之水,这水里包含上帝的话语。

到一丝恼人的不安。他决定了,暂且不能再将更多孩子带到世上。他想起《使徒行传》里可怕的故事,一个男人有四个未婚而能预言的女儿。他丈人雅各布·兰德尔显然还在水面上维持着自己的业务,可没人能知道,他用了什么办法,更不知道他能撑多久……有一天,阿维德在街上遇到弗劳提格。他们好久不见了。阿维德因为500克朗的旧债觉得有些难为情。他问,他丈人是不是对此说了什么。

"没错,"弗劳提格说,"他确实说了。一天晚上我在绅士俱乐部遇到他,他对我说:'宣波罗姆欠你500克朗,对吧?''哎呀,'我说,'这不值一提!''不值一提,'兰德尔说,'我也这么认为!'所以,我们没再谈它。可过了一会儿,那天晚上,他让我买下一万克朗瑞典宫的股票。我几乎不记得这一切是怎么发生的。我担心那是一堆废纸。可他听上去那么雄辩,有着美好而爱国的动机。"

阿维德有时感到对未来的些许不安。不过他妻子是个明智、实际又节俭的女人,眼下,他们把日子打理得相当不错。他早就看穿她那"秘密订婚"的战略了,既谅解也佩服,这办法简单又聪慧。既然她如今已达成自己的目标,就是说得到一个男人,她对他便不那么关注了。这一发现让他高兴,他想,也许还真有那么一回,能成就一桩幸福婚姻呢。

这样那样的一些小事会时不时地让他恼火。作为记者的妻子,她认为自己当然能理解他在工作中装作理解的一切,她在那些他们无法避免的社交场合以最大的把握谈论文学、艺术和音乐。她还唱歌。她的嗓音相当高,也好听,可有时会跑调。而他必须给她伴奏。

一天晚上,他们从聚会上回到家中。她心情很差,她唱了，不成功。

"你的伴奏没跟上我。"她说。

"这可不那么容易，"他回答，"人的嗓子，至少*你的*嗓子什么调都唱得出，可以是c大调和降d大调中间的一个。钢琴办不到！你从c大调开始，三秒后你在c大调和d大调之间。可钢琴办不到！这种情况下，钢琴师*没法跟上*！"

在这么一个晚上之后，会发生这样的事，他直直地坐在床上，无眠地盯着黑暗，而她就在他身边睡着，他悄声对自己说：但愿我是一个人，但愿我是自由的！

不过除此之外，他们在一起过得非常幸福。

而岁月流逝。

阿维德在国王之石街小小公寓的房间里来回走动。终于，他停在一面镜子前，系上白围巾。

达格玛已准备好了。这是她的一个长处，每当他们要外出，她总能适时准备妥当。他们要去鲁滨总领事家进晚餐。这是1907年12月初的一天。

"让我瞧瞧，"达格玛说，"你忘了你的戒指？"

阿维德找了一会儿，却没能找到。这完全无法解释。他一定是把戒指放在了某个古怪的地方。他们到处找，可戒指不见了。

出租汽车在门口等着。

"我们可不能迟到，"达格玛说，"就这一回你不戴戒指也行。过一会儿它总会冒出来……"

他们在12月阴郁的黑暗里默默向前。

"你说国王快死了吗？"达格玛问。

老国王奄奄一息。

"看来是这么回事。"阿维德回答。

街道和商店的光萤火虫一样掠过出租车窗……

鲁滨总领事家的公寓在斯托洛街——斯托洛广场真正的那一部分，靠近霍姆勒花园，公寓因为照明而光芒四射。一个仆人和两个可爱的年轻姑娘走来走去，捧着有鱼子酱、鹅肝以及李斯霍姆的阿夸维特酒的开口三明治托盘。总领事是少有的那几个瑞典人中的一个，在1905年之后，他还有足够的道德上的勇气招待客人挪威烈酒。他在绅士间走动，分发晚餐女伴的姓名以及一张小小的座位图。阿维德的卡片上写着，麦尔塔·布莱姆小姐。他将手臂伸给一位苗条的女士，她有着一张苍白、精致，又带着些哀伤神色的面孔，小小弦乐队奏响《入场进行曲》时[①]，人们步入餐厅。

阿维德环顾餐桌，男主人挽着艾琳·海小姐到桌边。她像一个上了年纪、饱经风霜的玛多娜。女主人的骑士是P.A.冯·哥克布拉德。这很合适，她属于古老的加罗林时代的贵族，娘家姓格罗特霍森。他看见了桌子斜对面的弗劳提格，便朝他点头，弗劳提格也点头回礼，弗劳提格的同伴是达格玛。远处，在桌子的另一端，他瞥见麦克尔遭蹂躏的脸，耷拉着有些斑白的胡须。离他不远处，他看见亨瑞克·瑞斯勒小丑一样的小侧影冒了出来。还有艾尔佳·格罗特霍森小姐，一个年轻、漂亮、受追捧、遭议论的作家，也是鲁滨太太的侄女。

当野味浓汤上桌时，乐队奏起《唐璜》里的一支小步舞曲。

阿维德·宣波罗姆举起他的红葡萄酒杯，面朝自己的餐桌女伴布莱姆小姐，她也举起她的杯子，微微低着头。

他该和她说点什么呢？他知道她的历史，或者说他以为自己知道。一出罗曼史，还有个孩子……他一时想不起来是在哪里、听谁说的。可他记得她年轻时爱上了一个医学院学生，这人后来有了更严肃的想法，改变人生轨迹，如今成了汉堡海员的牧师。因此，他和她谈什么都行，只要别提年轻的医学院学生、私生子、海员的牧师就好了……

[①] 瓦格纳歌剧《唐豪瑟与瓦特堡歌唱大赛》第二幕第四场里宾客进入歌唱大厅的入场曲。

"布莱姆小姐和那位写《动物生活》的名作家是亲戚吗?"他问。

"不是。"

阿维德感到自己脸红了。今天是我的白痴日里的一个,他想。在大型晚宴上,我总是如此。我不明白为何人们邀请我。我明明就不是个能助兴的晚宴客人。

不过布莱姆小姐帮他解了围。

"告诉我,您和亨瑞克·瑞斯勒先生熟吗?"

"不,并不熟。我们在报社见过几回。"

"我看到他时,"布莱姆小姐说,"我觉得很难把他和他的书联系在一起。"

"听你这么一说,想想还真是,那也是我看到他的第一印象。不过他肯定从未有意识地要成为自己杜撰的人物里的一个。"

"可总而言之,他的书那么悲伤,而他本人总是快活而生动,至少在我遇到他的一些场合里,他总是如此……"

阿维德想了想。

"没错,"他说,"恐怕是这么回事,也许因为他不爱工作。所以每当从事不得不做的职业劳动,他看到的一切都黑暗。可一旦他做完该做的,特别是那些实在郁闷和悲伤的事,他便立刻又开心和生动起来了!"

布莱姆小姐若有所思地坐着。

"作家的内心面貌真是那样的吗?"

"嗨,我怎么知道,我又不是个作家。"

眼下,他们在吃一道鱼,焗烤鳟鱼。

舒伯特的《鳟鱼》奏响了。

在阿维德左侧,坐着迷人又可爱的弗劳提格男爵夫人,弗劳提格很多年前结过婚。

阿维德听见桌子的斜对面,达格玛在对弗劳提格发问:"男爵是善妒的人吗?"

这问题肯定有些唐突,不过男爵大胆地说:

"非常嫉妒。有一次,是很多年前了,我和一位姑娘订了婚,我怀疑她有些太容易得手。起初,这只是怀疑,我也不知道究竟该信什么。可4月里的一天,我走在卡拉街上,突然看见我未婚妻从新桥路走来,她没看见我,在街角拐弯,继续沿着卡拉街往前走,就在我前头几步。起初,我自然是打算追上她,可我脑子里突然闪过一个念头,看她究竟做些什么肯定有趣。她走进了一个门廊!我开始发怒!那里住着个人,正是我怀疑和她不清不楚的人里的一个,他是个中尉,顺便说一句,他也是我朋友。他在底楼有个单身汉的两室公寓,都带着临街的窗户。我上他那儿去过很多次,知道里头每件家具的位置。我停下脚步,最初的瞬间不知该怎么办。我不想走过他的窗户,那样兴许会让里头的两人看见并暗暗发笑。可我确实想看窗帘是不是给拉下了。我有了个主意。一辆马拉轨道车来了,我跳上车,车路过公寓时,我看见卧室的窗帘放下了!这下我清楚该怎么做了。我跳下车,看了看表,自她进门,只过了四分钟。太早,我觉得。需要再耐心等上两三分钟。巧的是,我遇见个老相识,一个卖文的,嗯,抱歉,我是说,一名记者。我拦住他说,你将是我的证人,这样你就能为你的报纸弄出篇好玩的稿子了。他看上去有些吃惊,我把他拽到放下卷式窗帘的窗边,飞快地脱下大衣,裹住我的手和臂,而后撞击窗玻璃,砰!又飞速伸进另一只手臂,打开卷式窗帘!我不打算描述那番景象,如此等等。聚集的人群，还有警官从最近的警局奔来！这事件花了我150克朗作罚金。可这么一来我确实搞清楚了。我邀请那位卖文的，我是说记者，还有另几个人共进一顿丰盛的晚餐，喝了个痛快！"

弗劳提格左近的女士片刻间陷入虔敬的沉默。

阿维德转头对着他左边的女士说："可否请问，男爵夫人从这故事里能得出什么道德感呢？"

男爵夫人半垂着眼帘，带着一丝刻薄的笑答道：

"人应该保持德行——在底楼……"

《霍夫曼的故事》里的威尼斯梦幻华尔兹奏响了。

"告诉我，宣波罗姆先生，"布莱姆小姐说，"不戴婚戒是您的原则吗？"

"不是，"阿维德说，"我做事的原则是不'按原则'做任何事。很简单，我只是忘了。"

"人*能*把这种事也忘了吗？"她问。

"人几乎可以忘记一切。"他回答。

他偷偷打量她。这时他才真正看见她。小巧而精致的侧影在棕色卷发下。低垂的双眼。贪婪吮吸芦笋尖的红唇。而那迷人的小胸脯在领口那儿上下颤动。她能有多大呢，总在30岁左右。那样的话，叫她小姐听上去不好，他想，可事实上也没那么糟。其实，她看起来更像个年轻寡妇或离婚妇女。突然，他记起是从谁那儿听说了她那些故事的了，是从达格玛那儿，不对，第一次听说是因为弗劳提格，在古斯塔夫·阿道夫广场的瑞德贝里"皮沙发"咖啡馆，男爵简短而概括地说，她和某人有个孩子。而达格玛讲述了更多细节。布莱姆是她的女性朋友。

"干杯，阿维德！"弗劳提格喊道，"你干吗把婚戒放在背心口袋里呢?"

阿维德·宣波罗姆将两只背心口袋都翻出来:

"我没把它放在背心口袋里,"他说,"我只是忘了……摆错了地方……"

"没错,"达格玛说,"真是这样,他不是那种要将戒指放在背心口袋里的已婚男人,干杯,阿维德!"

"干杯,亲爱的达格玛!"

在他们的婚姻里有一种不受限制的信赖。从没发生过什么嫉妒场面。她一刻也无法想到哪怕最微弱的可能,有了她,他还会爱上任何别的人。而他,出于某个完全不同的原因,从不会因她心生妒意。

"我要坦白,宣波罗姆先生,"布莱姆小姐说,"我的写字台抽屉里躺着几篇小故事。不知道它们是否有价值,可我很希望看它们给印出来。要是我把它们投给《国家报》,谁决定是否采用呢?"

"那是托斯滕·赫德曼,"阿维德说,"不过眼下他在希腊,我不知道他什么时候回来。他缺席时,这事由我和其他几个人负责,我们阅读和评定寄来的文学手稿。"

"那么您评判我的习作时能不能试着更通融些?"布莱姆小姐说。

"那是自然。"他回答。

他不太明白这是幻觉还是现实,可他觉得,桌子底下,自己的右脚让一只小小的女人的脚爱抚地触碰着。他竭力以尽可能得体的方式回礼,而他俩都直直地盯着前方的空气,脸上带着一副梦一般的表情……

禽料理上了桌——鹧,而乐队奏响了肖邦的《葬礼进行曲》。

餐桌边出现了一片奇怪的沉寂。

"我们的朋友鲁滨有时有些前卫的想法。"弗劳提格悄声说。

仆人轻手轻脚地走来斟上陈年的酒庄葡萄酒。

"我爱肖邦的《葬礼进行曲》。"布莱姆小姐说。

"嗯,"阿维德回答,"不过,他这是为钢琴而作的,充分考虑了钢琴技巧。转成弦乐,总有些什么给丢失了。"

"那倒是,无论如何,您是乐评人……"

"是呀,很遗憾,也因此我很快就不得不先走一步了,在如此愉快的时刻。克拉霍姆·菲比格夫人要在《漂泊的荷兰人》里演唱森塔。这是她首次演唱瓦格纳伟大作品中的角色,我答应她不会让这事不受关注,不过,我9点前到歌剧院就行了,去看第二幕。"

《葬礼进行曲》结束了,嗡嗡声和谈话声重新扬起。阿维德再次察觉到右脚上奇怪的摩擦,这感觉上升到神经系统的中心区域,他想,她写的那些故事一定糟糕透了。

P.A.冯·哥克布拉德以简短而纯粹的瑞典语代表客人表达了谢词。人们起立,有些人起身还挺费力,而后先生们伴着女士走进"大沙龙"。

先生们可以说是按自然规律聚在总领事的雪茄盒周围,长而细的曼努埃尔·加西亚,中等尺寸而味道更醇的乌普曼,以及小巧秀丽的亨利·克莱。客人们要是受不了或不喜欢哈瓦那雪茄,也有高级的方头小雪茄。

阿维德拿了一支曼努埃尔·加西亚。他估摸自己吸上三分之一就得去歌剧院了。突然,他发现自己站在人群中间,和海小姐、亨瑞克·瑞斯勒、麦克尔、布莱姆小姐以及另外几个人在一起。麦克尔也拿了一支曼努埃尔·加西亚。

"亲爱的海小姐，"他听见瑞斯勒说，"您在餐桌上问，为何我不想写写您和市长的1905年和平演说，我的回答显然淹没在了嗡嗡声里。我明白您没听见。是这样，有两个原因，我不是战争狂热分子，也不是嗜血者，最主要的是，我以不道德的作家出名，这是我唯一的身份，但这不能赋予我处理严肃问题的权威性、相对严肃的问题，而另一方面……"

"亲爱的亨可[①]·瑞斯勒，"海小姐带着灿烂的笑容说，"不道德的作家，这是什么意思？就没有这样的情况吗，有时候涉及了什么，而大家都必须参与？"

"而另一方面，"瑞斯勒继续说，"会有这样的情形，人必须将全权交给那些有领导力也有责任的人。挪威人在1905年就是这么做的，那是他们的力量。因此，我不想参与，哪怕是以最小的方式，那样会让我们的政治家从谈判的开始就在条件上处于劣势。这是我当时也是眼下的真诚看法，瑞典和挪威之间的战争对两国历史来说都是一场结束的开始，至少是两国民众史里长期萧条的开始……不过我不觉得我有使命挺身而出，告诉领导人这显而易见的事。我想最好是相信他们能像我一样理解这一点。而他们似乎也这么做了！"

"我真觉得您不会关心什么政治的，瑞斯勒先生。"麦尔塔·布莱姆说。

瑞斯勒还没来得及回答，麦克尔发话了：

"亲爱的布莱姆小姐，您真的不知道吗，几年前，亨

[①] 亨可，是亨瑞克的昵称。

可·瑞斯勒因为挑起一场骚乱差点儿让警察给抓了。"

"你总夸大其词。"瑞斯勒说。

"不,那完全是真事。那是几年前的选举之夜。深夜里,瑞斯勒和我以及其他几个人从瑞德贝里出来。古斯塔夫·阿道夫广场全是为了最新的选举结果欢呼的人。突然,瑞斯勒有了个主意,他要成为人群之首,列队走到《晚报》去大笑!《晚报》和以往一样在最后一刻耍了滑头,也和往常一样失败了。'好,'瑞斯勒站在古斯塔夫·阿道夫广场,竭力大喊,'*现在,我们,走到,《晚报》去大笑吧!*'他喊了几遍之后,聚集着的人们果真移动起来,他们穿过和平街,走过艺术学院,一直走到《晚报》,在那里,瑞斯勒哮叫着,哈,哈,哈!哈,哈,哈!手杖如指挥棒一般在空中高高挥舞,而人群应和:哈,哈,哈!短短的停顿之后,他对我说:试想,要是我因为挑起骚动而被捕呢?你很可能被捕,我回答,不过,你不会是因为挑起骚动,而是因为醉酒和扰乱社会治安的行为。于是,他脸色发白,胆怯地潜入后街,而大众还站在那里继续喊:哈,哈,哈!直到警察来了,驱散了他们……"

"亲爱的麦克尔,"亨瑞克·瑞斯勒说,"要是我说谎说得有你这么圆,什么样的作家我当不了呢!"

阿维德看看自己的曼努埃尔·加西亚。他差不多抽了三分之一,时间已过了8点半,得离开这里去歌剧院了。他打算午夜时分写好评论,而后,叫辆汽车接达格玛一起回家。

他在门厅穿上大衣,突然看见布莱姆小姐精致的小脑袋在那两扇门帘的缝隙之间。

"您这就得走了吗?"她问。

"是。"他说。

她甩开门帘走到他跟前：

"您不会忘记对我的许诺吧？"

他带着询问的眼神看着她。

"我许诺了什么？"他问。

"在你们报上帮忙登我的小故事呀。"

他一时想不起来自己对她有这样的许诺，可她非常甜，紧挨着他站着，她小而精致的头微微低垂，如同忏悔的抹大拉的玛利亚。她到底为何要忏悔呢？他飞速看看四周，确认没人看得见他俩，便伸手抓住那颗小小的头，往自己身边拉，可他拉得太过，亲在了她脊梁骨的某个地方，他又抬起她的头，亲她的嘴，说了声"再见"，便离开了。

这阴郁的12月的夜下着潮湿的雪。走到歌剧院要十分钟。叫辆车吗？不必要的花销……

他一边走，一边想着麦尔塔·布莱姆，而后想到达格玛。

在我贫乏的日子里，怎么就不能有那么一次，让我也有那么点桃色故事呢？不管怎么说，人只活一次。达格玛很好，可日复一日，夜复一夜，年复一年，都只有一个女人还是太过乏味。我和她结婚快四年了，直白地说，我从未不忠。可是……可是我并不爱她！我可怜的日子里怎么就不能也有些桃色故事的位置呢？记得当我还年轻，我也曾梦想成为瑞典史里一个重要的名字，如今看来自然是没什么希望了。我何不接受触手可及的东西，让自己因此而满足呢？愚蠢。达格玛对我来说实在够好的了。她留意让家里的窗帘保持雪白，我也得这样。而布莱姆小姐，她想在报上发表作品,为此我事先得了个吻,多亏托斯滕·赫德曼在希腊,如果他在这里,就是*他*得到那个吻了。*伟大激情*的种子会埋在这样的开头里吗?嗨,活着的会见证一切……他依然能感受到她尖尖的小舌头游动如一团火苗……

歌剧院门口的人行道上,远远地,他看见报社的急件窗口外密集的人群。这时他正好遇到个熟人,一个记者,他拦住这人,问道:

"是国王死了吗?"

"还没有。"

他走进歌剧院。他把时间算得很准,进大厅时,第一次幕间休息快结束了,他坐在平时的座位上。观众开始涌了进来。一个小个子、谢顶的先生和他高挑、瘦削、深肤色、已有些花白头发的妻子从阿维德身边挤了过去,走到更里头他们的剧院正厅前排座位上。阿维德知道她的名字也认得这张脸。她就是那个女人,因为她,麦克尔于世纪转折点在精神病院待过一阵。他知道,她见过一些再没第二个活人见过的场景:她见过麦克尔哭泣,她在当时有"流动奖杯"的名声。

大厅这会儿几乎给填满了。

在他周围是叽叽喳喳的说话声,这人,还有这人要和妻子离婚,又要和那人以及那人结婚,诸如此类。"没错,基本准确,我有最接近的消息来源……"

他的右手还有两张扶手椅空着。两位女士在最后一刻潜入,在灯熄灭的同一时刻落座。

莉迪亚。

不会吧?真的,真是莉迪亚坐在他旁边。靠他很近。

他立刻就认出她来了。他们的眼睛在昏暗中相遇，在长久的一秒之中，目光沉浸在目光里。而后，她转开小小的头，似乎在听音乐，半闭着眼睛。

克拉霍姆·菲比格夫人宏大而美妙的嗓音充满大厅。

莉迪亚身体略微前倾，左手托着下巴。偷偷摸摸地，阿维德看着那只小手。他立刻发现她没戴任何纯金戒指，而只有一只铂金的，两颗小钻石间嵌着颗祖母绿。这也并不意味着什么，可总归是……他知道她丈夫于婚后不久在瑟德曼兰德买了房产，他知道，打那以后，她一直和丈夫还有她的小女儿在那里过着平静的家庭生活，他估计她尊敬、听从，兴许也喜欢她丈夫。因为有时确实能看到这样的例子，就是说年长的男性赢得了年轻女子的爱。虽然这十有八九是胡说八道，现实里那背后的东西完全是些别的……她自然也在脖子上戴了副中间扣着祖母绿的珍珠项链，完全是该有的样子！这是爱的奖赏！

黑暗中，他突然感到自己因羞耻而脸红。他紧挨着年轻时的爱人坐着。十年来，这是第一次。仅需一根中间扣着祖母绿的珍珠项链就让他对她产生了愤世嫉俗的念头和想象……他问自己，我是谁，我将变成什么？我难道不是以一年2000克朗的价码卖给了达格玛吗？嗯，其实，这事不是那么发生的，可从外头看去就是那么回事。莉迪亚的情形会不会有些类似，会不会也是从外头看是一回事，实际是另一回事？

他偷偷地看她。噢，上帝啊，她那么美！她以一种他无法解释的方式发生了变化……还是那个她，可到底是另一个人了。他觉得她看起来比以前更美，以一种危险而命中注定的姿态。她身上有了些陌生的东西。他的体内有个什么在说："小心这个陌生女人！"离开这儿，到报社去，写你的评论，叫辆车，去鲁滨家接达格玛，然后回家！

可他依然坐着。

又是幕间休息。他听见她和女伴交换了几句，谁知那人是谁。女士起身走了出去。莉迪亚坐着没动。

阿维德也留在座位上。他们的周围空了出来。

他们的手伸出来，找到彼此。

他们默默坐着。而后，她低声说：

"你幸福吗？"

他沉默片刻。

"我想没有人真的幸福，"他回答，"可不管怎么说，人得继续活着，尽己所能。"

"没错，"她说，"没错，人是得那样。"

女伴又进来了。

他们没再多说。

歌剧表演结束后，他走到报社急速写了个短评，不过他对克拉霍姆·菲比格夫人的森塔给予了温暖的夸赞，而后，他叫了车到鲁滨家接达格玛。宾客们刚进行了一场关于皇室血统的生动讨论，弗劳提格声称，他们是犹太人。

"他们不是犹太人，"麦克尔说，"犹太人可没那么高，他们更可能是阿拉伯人，有一支强壮的摩尔阿拉伯人混入了贝阿恩的人口中。可这还不是一回事。我没办法认为归属发明上帝的种族或归属发明数字的种族有什么可耻的！"

"说起来我自己就有点儿犹太血统，"麦克尔说，"我是八分之一犹太人。外婆是半个犹太人，她父亲是犹太人。可据说他因为简单的动机轻松皈依了纯粹的福音教义：要是你什么都不信,干吗要做犹太人而为两种宗教纳税?"

阿维德带着达格玛坐进车,而后回了家。

当她脱衣服时,他从食品储藏室拿出威士忌和苏打水。他给自己调了一杯格罗格,在书房里走来走去,点起一支雪茄。两三步向前,两三步往后。他一边走,一边嘟哝维克多·瑞德贝里的几行诗:

> 而那个人,他的心让森林宁芙偷走
> 永不会返还。
> 月光下的梦,占据他的灵魂,
> 他没法爱一个人类的妻子……

只穿着睡衣的达格玛把头伸了进来:
"你的戒指,"她说,"我在我床上找到的!"
"哦,"他说,继续前后地踱步:

> 一年年,他等待着什么,
> 等来死亡和尸架……

他又听见了达格玛的声音:
"你不马上进来吗?"

他停在了橱柜前,盖板放下了。一半分着心,他拉开小抽屉,那张旧铅笔画和其他一些老旧的废物混杂在一起。那幅有着柳枝和沉重秋云下的迁徙鸟的铅笔画。他把纸片翻到背面:"我想出去,出去,哦,跑到很远,很远,很远。"这是写在最上头边缘处的,在这行字的底下,他加了几句,记不清是什么时候了,他写了这么四行小调:

秋天裸露的柳枝映在灰而静止的水中，
　　云低低飘过，一群野鸟往南飞……
　　眼泪模糊了我的视线，当我凝视那发黄的图片，
　　曾经，它夹在一封信里寄到我手上。从此这里充满秋意。

　　……一半分着心，他把那小纸片放进自己的笔记本，跟先前一样。

第二天早晨,他在全城所有的教堂大钟沉重而遥远的轰鸣声中醒来。

他从床上坐起。

"现在国王死了,"他对妻子说,"我们活到现在的日子里,在这个国家一直当国王的那个老绅士……"

他跑到窗边,拉开窗帘。天色灰蒙蒙、雾蒙蒙。斜对面的技术学院,旗杆中段飘动着一面肮脏的旗帜。教堂钟声轰响着、歌唱着。

书房里燃起了炉火。他坐在椅子上,刚点上早餐后的第一支雪茄。达格玛还在睡,女仆奥古斯塔送来一张封缄信片。

他立刻认出莉迪亚的笔迹,扯开边缘:

阿维德,我在大陆宾馆写这封信,刚从歌剧院回来。前台服务生说,这封信礼拜天早晨能送达你那儿。我到斯德哥尔摩有几日了,只为了圣诞购物,礼拜一早上回星星湾的家。如果你愿意礼拜天和我见上一会儿,那么下午两点半,我会在餐厅喝茶,一个人。那个时段那里几乎没人。

昨晚的感受无以言表……这么多年以后……

莉迪亚

PS 烧了这封信

他坐着沉思,"回星星湾的家",自打昨天,他抱了个秘密而不确定的希望,兴许她不再和她丈夫生活在一起了,兴许她住在斯德哥尔摩了,"回星星湾的家"……

他将信扔进炉火。信燃烧起来,卷起,烧焦,成了黑色。

"我见她,还是不见呢?"

他从硬币袋里掏出一枚两克朗。

"让运气来决定吧,是正面我就去,是反面就不去。"

他在桌上旋转硬币,反面。再来,反面。

"好吧,第三次也是最后一次!"反面。

他很恼火,更多的是对自己,而不是对那枚固执的硬币:

"真是孩子气!我当然要去。"

城市沉浸在一幕浓重的褐灰色雨雾里。到了正午,天也几乎是黑的。丧钟敲着。这是礼拜天,人们默默往前走,仿佛走在一条葬礼行列中。技术学院前的一排白杨站立如幽灵守卫。国王坡有远处的三座教堂尖塔、以王后街做背景,在晴朗的日子能提供一幅迷人的城市风景,这一天看上去却很糟糕。"幽灵城堡"比平时还要阴郁。科学院建筑那沉重的一团似乎在沉睡中。王后街灰里带黑,在教堂的钟声里有坟墓般的死寂。

他走到了报社。如今他独自使用着托斯滕·赫德曼的房间。赫德曼几乎总在旅途里。而亨瑞克·瑞斯勒接手阿维德以前的职位,剧评人,很少或几乎从不在办公室工作,不过他会拿不褪色铅笔于瑞德贝里的桌边,把简短而刻薄的评论记在笔记本上。几周前,宣波罗姆受命在音乐之外也负责外国事务这一摊子。他对于在新的一年里成为"外交大臣"抱着希望。不幸的是，全球没发生什么大不了的事。只有奥伊伦堡事件以及莫奇-哈登诉讼的余波，就这。他找到《未来》周报翻阅，里头哈登的一篇文章让他感兴趣。他坐在打字机边，开始翻译这篇文字。

差不多快翻完时，门厅的男孩通知说有位女士要见他。

"请进……"

那是布莱姆小姐。最初的一瞬他想到了莉迪亚，可既然她已决定在大陆宾馆见面，为何来报社呢。布莱姆小姐已让他完全抛在脑后了。

"我能为您做些什么吗？"他说，不过他立刻补上一句，"哦，当然，那些短篇小说，您带来了吗？"

她吃了一惊。而后，她困惑地站着，姿势变得有些僵硬。

"嗯，"她说，"我带了三篇，可要是我给您添了麻烦……"

"哦，请原谅，"他说，"我工作正忙到一半，所以才有些分心……我很荣幸能阅读这些小说，明后天，我给您答复。"

"太感谢了，"她说，"再见。"

她轻轻点了点头，便离开了。

想到昨天的事，阿维德为自己接待她的生硬态度感到羞愧，决定尽量积极阅读她的稿子。他一翻完哈登那篇文字，加了些解释性导语和小评论，便开始阅读布莱姆的故事。第一篇不怎么样。然而考虑到报上那么多为填满栏目而登出的垃圾，这一篇在紧要时也可以派派用场。第二篇完全没法用。而第三篇，好得让他吃惊。他立刻给这一篇签了字，用手稿电梯送到底下的印刷间去。而后，坐下来写了封信：

麦尔塔·布莱姆小姐

　　我按阅读顺序来表达我对三篇短篇小说的看法。《老木屋》可以用，但仅此而已。《月夜》没法用，至少《国家报》用不了。然而，根据我粗陋的观点，《红沙发》这一篇显示了真正的文学天赋。它是那么好，如果您愿意，您确实可以将您的名字和它连在一起。

代表《国家报》
致以最高的敬意
A. 宣波罗姆

　　他看了看手表，2点10分。就是说20分钟，再过20分钟，他将在大陆宾馆的餐厅，坐在莉迪亚身边。
　　麦克尔进来了。
　　"哎呀，哎呀，"他说，"你知道吗，阿维德，我可实在是快受不了啦！等候室里有个苍白干瘦的老头儿等着见栋科！门厅侍应告诉他，栋科博士很忙。'那么，我可以等。'老头儿说。隆德克维斯特，那个编辑室秘书打那儿走过，老头儿问：'可以见栋科博士了吗？''他正忙着。'隆德克维斯特告诉他。我们的年轻职员有那么三四个从那儿走过。老头儿询问了每一个人，可以见栋科博士了吗，所有人都回答，栋科博士正忙着。纯属偶然，刚才我发现栋科其实一周前就去柏林了，还没回来。就是说他离开报社有八天、十天了，从门厅侍应到我，就没一个基督徒的灵魂意识到他的缺席！"

"好吧,这可真是个不错的表现。"

麦克尔拿起桌上的一份校样粗略地看了看。

"不对,这是什么玩意儿?"他说,"安东·瑞格写了段对话,其中有一个人将古斯塔夫·瓦萨教堂称为'奥丁教堂'。校对显然以为这是个事实错误,将其改为古斯塔夫·瓦萨教堂!这让我想起以前发生的事,贡奈尔·赫尔贝里给《世界之路报》写的一篇文章,他研究了人们走出教堂时脸上的古怪表情,'尤其是吃下他们的上帝后'。校样上写着'赞美他们的上帝'。于是赫尔贝里跑到主编那儿提出这个问题。'这根本说不通,'他说,'肯定有那么一两个神圣的白痴在当校对!人们每次上教堂都会赞美他们的上帝,但显然不是每一次都吃下他们的上帝。''别担心,你就放心地把这事交给我吧,'主编说,'我保证会印成吃下上帝。'赫尔贝里回家去了。第二天早晨他在报上读到:赞美他们的上帝。"①

阿维德走过克拉拉教堂墓园。一两盏灯穿透雨雾在闪烁。因为距2点半还有那么几分钟,所以他没走那条穿过克拉拉水巷的捷径。他在贝尔曼墓前停了片刻。雨滴缓缓地从墓前两棵瘦小光秃的树上落下。

教堂的钟轰鸣又歌唱。

他走向克拉拉山街,转到拐角,走进大陆宾馆,把帽子、大衣和手杖丢给门房,几步走进餐厅,四下环顾。几乎空着。两位先生在靠窗的桌边坐着。此外,就看不到一个人。餐厅里半明半暗,只有两三盏钨丝灯亮着。午餐时

---

① "吃"和"颂扬"这两个词,瑞典文拼写近似而引起了误解。

间结束了，离晚餐时间还有好一会儿。

阿维德径直走到餐厅的最里头，点上一杯茶，莉迪亚出现时，他几乎还没点完。

"两杯茶，"他对侍应说，"再加黄油和吐司。"

侍应拧亮一盏钨丝灯，而后离开，步子在厚厚的地毯上静默无声。

他俩匆忙而正式地握手，他几乎不敢看她。

她带着当天的《国家报》。她打开报纸，指着他那篇评论，关于克拉霍姆·菲比格夫人饰演的《漂泊的荷兰人》里的森塔。

"她给你留下了那么深的印象吗？"莉迪亚问。

"我不记得了，"他说，"我都写了什么？"

他读道："克拉霍姆女士的声音是那么一种声音，它能唤起梦想和幻想，关于在一切人类和世俗幸福之上的幸福，关于在其他感官快乐之上的感官快乐，关于福佑、永恒以及永恒的福佑……"

"嗯，"他说，"这么说昨夜我真是写下了这些？一定是因为我坐在你身边。十年来是第一次，我坐在你身边。"

侍应带着茶、吐司和黄油来了。

她说：

"阿维德……？"

他说：

"莉迪亚……？"

她问：

"你爱你妻子吗？"

考虑了那么几秒钟，他答道：

"我以路德教的方式爱她。"

"这什么意思？"

"哦，这不重要……"

他们默默坐着，啜着茶水。他想：她还和从前一样吗？和十多年前我在丁香凉亭吻过的那个是一样的莉迪亚吗？我还爱她吗？如今我还*能*爱她吗，在她已将自己给了另一个男人的情形下？也许这样的男人还不止一个……

他说：

"莉迪亚，你还记得将近十年前你到《国家报》编辑部托斯滕·赫德曼办公室的事吗？"

"嗯，我记得……有些模糊，不过我记得。"

"记得吗，我问过你一些事，记得你是怎么回答我的吗？"

"嗯……不……！"

"我问了你某些事，我跟你请求了，而你回答：'我想，可我不敢！'"

她露出一丝含蓄的笑：

"我真这么说了？"

"没错。"

"哦，那么，那是那一次……"

停顿了一会儿，最后他还是说出了自己想说的：

"打那以来，你也许变得比从前大胆些了？"

他找寻她的视线，可她盯着室内的一片昏暗，带着同样含蓄的微笑。

"也许。"她说。

她的回答立刻唤起了他内心可怕的焦虑和压倒一切的渴望。

他沉默，她也沉默。

"你能告诉我吗，"她问，"陶尼泽湖在哪儿？"

"陶尼泽湖？"

这名字他听着耳熟，但他此刻想不起来是在哪里听到或读到过。

"不，"他说，"我不知道，不过，这多半是在德国或瑞士的某个地方。怎么了，你打算去那里？"

"我想去，"她说，"要是我能弄明白它在哪儿。"

"按说不应该太难吧？"

"我估计那不容易，"她说，"昨夜我醒着，想起《当我们死人醒来时》里的一段。始终听到耳边有句话：'可爱的，可爱的陶尼泽湖边的生活！'而后我想，这片湖显然不存在，这也许正是它可爱的原因。"

"哦，是这样啊，我想你是对的，这样的湖一定不容易从地图上找到。"

他俩都沉默。

她悄声开了口，与其说是对着他说，更像是对着自己：

"无论如何，在自己贫瘠的生活里，至少得有一次，能允许自己试着找到通往自己的陶尼泽湖的路……"

他默默爱抚她的手。

"亲爱的莉迪亚，"他喃喃地说，"亲爱的莉迪亚……"

而后他说：

"你和你丈夫之间怎么样？"

"非常好。"她回答。

接着她带着一丝傲慢的笑容补上一句：

"和他在一起很能得到教益，他会的、懂的都非常多。"

"你度过了一场盛大的蜜月旅行？"

"没错，哥本哈根、汉堡、不来梅、荷兰、比利时、巴黎！里维埃拉、米兰、佛罗伦萨、罗马！从布林迪西到埃及和金字塔,三千年,也许四千或六千年,我不记得了,蔑视着小莉迪亚·斯蒂勒。而后我们返程回家,经过威尼斯、维也纳、布拉格、德累斯顿、柏林和特雷勒堡……"

"所以你们没去陶尼泽湖?"

"没去,我们没去那儿,它不在贝德克尔的旅行指南上。"

现在,餐厅里的客人只剩下他们了。那两个在窗边餐桌吃午餐的先生已经离开。

外头,丧钟依然在敲响。

他的右手依然握着她的左手。

他抬起那只手,察看那枚嵌着祖母绿的戒指。

"很美的戒指。"他说。

"是,我答应求婚时,马库斯给我的。"

思忖了片刻,他才开口道:

"就是说他那么确信你会同意,才会在得到答复前买下这么贵重的戒指吗?"

"不是,他原先就有。他讲述了与此相关的小罗曼史,当时那故事打动了我。他有过一段青春恋情,二十或许三十年前吧,是给那一个她买下的戒指。不过她还没来得及收到,便已对他不忠。他叫我保证,要是骗了他就别再戴这枚戒指。"

"那么,你信守了承诺……?"

她直直地朝屋外看,没回答。

而后,她说:

"有机会我愿意跟你说说我的生活。不是现在,也许以后,其他时候。也许最好用书信。星星湾的家里冬夜很长。也许有时,我可以坐下来给你写信。不过你不能回复。他那么善妒,留神着我收到的每一封信。并不会打开看,也不要求阅读，可他会留神。"

"这么说来，你和你丈夫在一起并不真就那么幸福了？小莉迪亚？"

"有时，"她说，"我们确实谈到离婚问题，星星湾的家里，冬夜那么长！不过，我们总是很平静也很客观，而最终的结果总还是我留下了。在这些讨论里他是那个占上风的。他是我那可爱的女儿的父亲，并且他有钱。"

阿维德拉过她的手放在自己眼睛上。没人看见。

几个进晚餐的客人到了，坐在他们斜对面的桌子那儿。

他掏出笔记本，从中取出那枚小小的铅笔速写，放在她面前的桌面上。

"记得吗？"他问。

她默默地点头。

"记得，没想到你一直留着……"

"好多年了，我一直放在笔记本里随身带着。"

她翻到纸片背面，读着她自己褪色的字迹，其下是他的四行诗。她沉默了很久，眼睛发直。

"你得到了你想要的，"他说，"你离得远远的，走得远远的。也许你还希望离得更远，走得更远？"

她没回答，不过她喃喃重复着他写的小调里最后那一句："从此这里充满秋意……"

"你什么时候写的？"她问。

"好多年前了。应该是我婚后不久。"

她若有所思地坐着。

"不，"她说，想着他刚提及的问题，"不，我不想离得更远、走得更远了。如今我想把那行字改一改：我想回家、我想回家，回到我真正的家！只是我不知道它到底在哪儿。

我不知道自己属于哪里。我感到迷失了自我，出卖了自己的灵魂。而诱惑并不那么小，他将我带到山巅，给我展示整个世界！如今我是一个富有的老男人可怜的花瓶妻子。如今我明白，小调里说着真理：长长的岁月修补瞬间的崩坏①。哦，阿维德，我们俩竟都这么充满秋意，可我们明明还年轻！"

他捡起那张素描，重新放回笔记本。

"是啊，"他说，"对我们来说，秋天来得太早了。"

越来越多的客人来进晚餐，餐厅已灯火通明。他叫来侍应，结了账。

他们依然坐着。

"秋天来得太早，"他叽咕着，"不过，不过，到头来，这取决于我们自己，是想就这么享受秋天，还是给我们自己创造一个盛夏……"

她吃惊地看着他："你在乎我吗？你真可能还有些在乎我吗？"

他的眼睛定定地看着她的。

"除了你，我永远、永远也不会这么在乎另一个人。"

她脸色一下子变得苍白，可这苍白似乎*散发着光芒*。

"真的吗？"她说。

他太激动，以至于说不出话。他觉得嗓子哽住了，快十年了，他没感觉到的陈年的泪。

可他们继续坐着，僵硬、正确，像两具人体模型，而眼睛直直地盯着前方。

---

① 原文里写为小调，是瑟德尔贝里记述有误差，实际出处为伊萨亚斯·泰格纳（Esaias Tegnér）的长诗《弗瑞乔夫的萨迦》（*Frithiofs saga*）。

"实在是太痛了,"仿佛是在一场梦里,他听见她喃喃地说,"我从不曾是你的人,而就此走过此生,实在是太痛了!"

仿佛在梦里,他看见她完全平静地摘下祖母绿戒指放进小手提包。

"来吧。"她悄声说。

他恢复了感知。

"不行,不行,"他说,"不能这么做,我们不能一起上台阶,一起走过门廊。你的房间号是多少?"

"十二。"

"一楼?"

"是的。"

"最好我先离开。我上阅览室去,你多待一两分钟,再回房间。我会站在阅览室门口,看你是不是进房间了。而后我会找个走道里没人的时机去你那儿。"

"好的,好的。"

……他站在阅览室门口。她上了楼,进了自己房间。能看见有个清洁女佣在长长走道的另一头。她消失在门里。

他站在她门口,转动门锁。

"实在是太痛了……"他听见她哭,她的头抵着他的胸膛,"实在是太痛了……"

外头,丧钟穿过十二月的黑暗仍在敲响。

IV

"你可以用异教的方式来爱我。"

阿维德·宣波罗姆希望负责《国家报》外国报道的愿望在1908年新年实现了。因为同时还继续写乐评，如今，他一年能挣5000克朗还出头。而他需要这些钱。丈人给予的家用补贴在上一年已经缩水。多亏达格玛节俭而有条理，也多亏银行的2000克朗贷款，栋科和弗劳提格做了担保人，这么着，他们家好歹收支平衡。

不管怎么说，老雅各布·兰德尔还让自己的生意运转着。他不再有以前那样的活力和说服力了。可时不时地，在一顿可口的晚餐后，他来了好心情，便开始发誓，要给每个孩子留下至少10万克朗，假如某一天上帝想召他回家。然而五分钟后，他说："下周我他妈就破产了！"可到了"下周"，他又办上一场盛大晚宴，有内阁大臣隆德斯特罗姆做展品。内阁大臣隆德斯特罗姆带着讶异的不快见证了孩子气的第一左翼行政实验，而后恢复了他在皇家议会的当然席位。

有一次，在这样一场晚餐结束后，阿维德让葡萄酒壮了胆，询问内阁大臣先生怎么看待妇女选举权。

"嗯。"内阁大臣隆德斯特罗姆回答。

不过，他立刻带着更友好的调子补充道：

"*内阁大臣*，嗯，嗯……"

阿维德放弃了在这样的神谕里找出意味。不过后来达格玛解释，意思是这样的，阿维德应该以舅舅来称呼隆德斯特罗姆舅舅，就跟她一样。他毕竟是她那过世的母亲的表哥。每次他来这里参加晚宴，都会来一番友善的小演说。

这一次，他也敲了敲玻璃杯说：

"嗯，嗯，对我们的朋友雅各布·兰德尔来说，世上的事起起伏伏。嗯，有时起，有时伏。嗯，眼下，感觉是起，就这佳肴和美酒来看，嗯，因此，我请在座的各位和我一起，为男主人和女主人干杯！嗯，嗯，我是说，为男主人和女主人！"

父亲的资助第一次缩水后，达格玛有些不快，不过阿维德尽力安抚她。

"亲爱的达格玛，"他说，"我们结婚时，说实在的，我就没信一年2000克朗的承诺，以为顶多第一年可以得到，不敢想还能拿得更久。而今我们拿了三年，已经很好了。我没有任何理由责备你父亲。我没那样的错觉。"

1月初的一天,阿维德收到了来自莉迪亚的一封信,一封长信。他们商议过,她会把信寄到报社,而不是他家里。
她写道:

阿维德,除了这封信,我把旧日记本里的几页也寄给你。我从不曾有规律地记日记,只是时不时写上几行。你可以先看日记,再继续读信……

他阅读了铅笔写的一张小纸条,显然是从笔记本上撕下来的,边上拿墨水标着记号1:

巴黎1899年2月23日
　　我原本打算在这场大旅行里写日记的,直到今天都没怎么动笔。
　　我们前天晚上到达巴黎。昨天我和马库斯在"卢森堡画廊"找寻爸爸的《多岛海的老松树》。在一个不起眼的角落里找到它之后,我自然是大哭了一场。
　　今天,我们去了卢浮宫。哦,那无边的展厅里所有的荣耀,现在我还能记起其中的什么呢。没错,有那么一幅我记得,一个老佛罗伦萨人(我想),就在方形沙龙:一个年轻人的肖像,画家是无名大师。目录上这么写着。不过,马库斯说,这幅画被视为一个人的作品,他叫什么来着,弗朗西亚比焦或类似的名字。我在这幅画前站了很久,它让我想起以前认识的一个人①……马库斯见我对这画感兴趣,问要不要买一张复制品,我说,好啊。

然后,我们开车去了布洛涅林苑,在英吉利咖啡馆和来自法兰西学院的一位老先生共进晚餐……

阿维德将这张小纸片摆在一边,回头继续读信。

上次你问,我和我丈夫到底怎么样。

这不容易作答,不过,我会试着回复。

我想我无须告诉你,和他结婚时我并不爱他。他五十一,我十九。这并不是说他不能赢得一位年轻女子的爱。他本来也许能赢得我的爱,如果不是……嗯,这稍后再说。

不过,我确实很喜欢他。特别是在我们长长的蜜月旅行里。你知道,他是个很有名的考古学家,可他看起来一点不像个只专研特定领域的专家,他几乎知道任何话题和任何不同的事。无论我们走到哪里,他都有杰出的熟人和朋友。我不得不注意到,在每一个群落,他总是那个中心人物。我不曾爱他,但很自豪我是他妻子,这一点我无法否认。他把我带出去,带到一个宏大而崭新的世界,对我而言是新的……

可是……

可我是个女人,我非常想要个小宝宝。而我不得不意识到,在我们的夫妻生活里(抱歉,阿维德,可我不得不直说),他总是注意别弄出孩子来。有一次

---

① 这句话的意思是,画上的年轻人很像阿维德。

我问他:"你为何要这么做?"他说:"因为我不想要孩子。""为何不想?"我问。"因为我是个天才,这话只在你我之间说说,别在外头宣扬。可我是个天才,天才的孩子往往是白痴。所以我不想要什么孩子。"我躺了很久,琢磨这事。而后,我说:"也可能这孩子会更多地遗传我,我又不是什么天才,那么孩子就不见得是白痴。"那一晚,是在威尼斯的一家宾馆,我猜就是那一晚,我那如今8岁半的小玛瑞安娜给造出来了。

可当我怀孕数月、我们已返回家中之后,我察觉到我的状况让他产生了无法控制的厌恶。我没能立刻理解这一点。然而日子一天天过去,他变得越发易怒和紧张,此前,我从未见他这样。一天天地,他都留在书房独自就餐。而当我生产的日子迫近时,他跑了!他突然需要到柏林的图书馆还是资料室的做研究。直至收到"一切顺利,都已妥当"的电报,他才回家。

这事自然让我挺有想法。不知你是否能理解,我感到遭受了伤害,那么深刻并且无法复原。我开始怀疑,他对于当白痴小孩父亲的恐惧不过是序曲。他买下我作为合法的情妇,怀孕和孩子不在他的项目之内。

我相信我能保证,我带着最真诚的、为丈夫履行一切义务的愿望进入了婚姻。可打那以后,我的内心便不觉得有任何义务了、什么也没有。而后,当诱惑出现时(几年之后),我遇到一个男人,他追求我,并以某种方式打动了我,我很快就沦陷了。

你读到这里,恐怕会想着那枚祖母绿戒指,疑惑我是否信守诺言,从那天起,不再戴它。唉,你已知道我并未守信。那是马库斯最喜欢的观点之一:就是说,真相是有害的,而幻觉和妄想是世上一切伟大成就背后的驱动力,也是所有被称为人类幸福的一切的核心。我将他的观念应用到他自己身上,让他留在自己的幻觉里。

关于那个我爱过的男人,你永远别问。哦,阿维德,我用"爱过"这个字眼是不是会伤着你。可也必须这么说。因为这是真的,或者说,曾经是真的。

十年前我爱过你,并且现在,我爱你。可那时,四年多前,你在我生活之外已经那么久远。而我刚从报上读到你的订婚启事。并且,我也想,活那么一次。

关于这个我不想说得更多了。没错,我可以说,它没有维持很久,大约一年。

另一页日记写于这事结束时。

他拿起日记读起来:

1904 年 9 月

就是说结束了。这么说这就是全部?没别的?再没别的?

外头,枯叶在风中盘旋。枯叶落在花园小径上。我的桌上摆着紫菀。一片枯萎的叶子飞舞着穿过窗户,落在这页纸上。

没别的,再没有别的了……

他再次拾起信来阅读:

> 而现在,阿维德,你将是我的法官。我把我的事交到你手里,你可以判我有罪或认为我无罪,看你觉得怎么最好。别给我写信,只需寄印刷品作为收到我信件的记号。一张报纸或随便什么。如果你判我有罪,并因此不想和我再有什么瓜葛,就将邮票倒着贴。可如果你觉得我无罪,就正着贴。

莉迪亚

阿维德坐着思忖。

他当然并没有一刻想把邮票倒着贴。他在考虑别的事。

马库斯·罗斯林,那位杰出的考古学家和文化历史学家,阿维德带着外行的崇拜阅读过此人的著作,北极星国王骑士勋章获得者,军官勋位法国荣誉军团勋章获得者,瑞典皇家科学院院士和"十八人之一"……还有莉迪亚。

莉迪亚,我青春的爱,我唯一的爱。也没怎么着,就让这位伟大学者成了戴绿帽的人。而我读了有关这一案例的材料,还是得认定她无罪……这么说吧,我只知一方的观点,另一方的却永远无从知晓。这一类的事上,和女人比,男人更会保持沉默。

我们俩还有未来吗?我和莉迪亚?那样的话,首先我得离婚。唉,对有钱人来说易如反掌!莉迪亚肯定能轻易地和她丈夫离婚,他有钱。可我,我的年收入根本不够分。而达格玛,我该怎么跟她说呢?说我不爱她?说我从未爱过她？对她来说，那自然就是"诸神的黄昏"！我该提醒她，我们的"自由承诺"吗？

有关那孩子气的承诺的记忆让他笑了。订婚期间、婚礼前不久，他们给了彼此一份庄严的承诺，如果有一天，他们当中的任何一方想要自由，另一方不会做任何事去阻止。事实上，是她要求得到这一承诺的。那时，在订婚和结婚时做这样的承诺十分普遍，可真到了那份上，承诺自然总是无意义。

还有安娜·玛丽亚和小阿斯特瑞德，她们要在父亲缺失的情况下长大吗？也许很快有"一个新爸爸"……？

不。他推开了离婚的想法，那是完全不容考虑的。而且莉迪亚在信里也没暗示这种可能，并没有试图和她丈夫离婚的意思。

他又一次琢磨起她的信。他一点也不吃惊她有过一个情人。上次他俩在一起时，直觉已告诉了他这一点，12月的那一天，在宾馆里。

"而现在，阿维德，你将是我的法官。"他想，我肯定不是那合适的人选。

他拿了一张桌上的法国报纸，按印刷品封好，打上她的名字和地址。

并且他端端正正地贴上了邮票。

"你今天话少而且忧郁，"达格玛在晚餐桌上说，"有什么烦心事吗？"

"没有。"他说。

过了一会儿，他补充道：

"我坐在那儿琢磨,看来我非得学俄文不可了。"

眼下他雇了个会俄文的年轻人凯·里德纳,一天来编辑部一次,浏览《新时代》,查阅里头有什么重要内容,如果有,就翻译给他。

现在，几乎每一天，他一到报社，就会看见办公桌上有一封莉迪亚的来信。

在一封信里，她写道：

> 昨天，马库斯自己提起了离婚话题。他是这么挑起话头的："我觉得你在这儿并不开心，也许你更情愿住在斯德哥尔摩？""我恐怕很愿意。"我说。"可为什么是现在呢？"他问，"剧院、社交，这一些？""也许也包括这些，"我说，"不过那不是最重要的，最重要的是，我不爱你，和你在一起的生活对我是一份折磨。""爱，"他的脸上抽动着父亲般的不做计较的笑，那是这些年里我最痛恨的，"小莉迪亚，我很快就是个老头了，但我不是白痴。我什么时候要求过你爱我吗？"没有，我得承认他说得对。他从未要求过，他太聪明了，不会那么做。
>
> 而后，他继续说："我们已多次谈及离婚了，我想了很多，我给你一个提议。我不能和我的小玛瑞安娜分开，她留在这儿。但你可以有你的自由。你可以得到一年5000克朗的生活费，不过有个条件：一年来这里住三个月，夏天两个月，圣诞和新年期间一个月。在这几个月里，我们之间一切照旧。"
>
> 我回答："如果你给我2000克朗一年而没有任何附加条件，我会特别高兴。"

他不回答，而是走进自己的房间，关上门上了锁。似乎他担心我会强行闯进门去……

现在我觉得我已做出了我的决定。虽然，我还不确定……

莉迪亚

才第二天，新的一封信就来了：

……是的，我做出了决定。如果一个女人不愿意，没有一项法律还能强迫她和她丈夫住在一起。另一方面，他自然也没义务养着她。不过我在一家银行存有约3000克朗，是从爸爸那里继承的小遗产。此外，我有首饰。那是送给我的，所以是我的，我为它们付出了我的真诚，可以说支付了我最好的十年青春，这难道还不够吗？珍珠项链一定值好几千克朗。所以我有足够的钱过上好几年，当然，我会试着找到某份工作。

有一件事，阿维德，我不想让你因为我走到离婚这一步，就像以前一样，如今我也不想成为你的负担。你的负担已够多的了。我会试着忘记，你有妻子和孩子，有一整个不属于我的小世界。我们还是可以获得我们俩的瞬间，当我们俩都忘记不属于我们、我们俩的那一切时……

莉迪亚

两天后，又来了一封信：

哦，阿维德，你难以想象，今日醒来，我是多么高兴！园子里的树枝上沉沉地覆盖着闪亮的雪……太阳以及高高的蓝天！我刚打开卷式窗帘，就看见一只红腹灰雀歇在紧靠窗边的枝条上。我觉得能看见它红色而柔软的胸脯起伏，感觉到它小小心脏的搏动。

马库斯突然改了主意。过去几天里，我们几乎没说一句话。他一直在自己房间里就餐。不过，昨天，他在餐桌边进餐，显得和蔼而亲切，要是他愿意，他总可以做到。晚餐后他叫我弹奏。我弹了贝多芬的《悲怆奏鸣曲》。他坐在火炉边一只大扶手椅里。玛瑞安娜挨着我在钢琴边站着。客厅半明半暗，只有钢琴上两支点着的蜡烛和火炉里的光……他叫我多弹几曲。我弹了几支肖邦的前奏曲……而后，玛瑞安娜上床去，9点了。

我和马库斯单独在一起了。"你坐这边来。"他说。我坐在火炉边另一张扶手椅里。"小莉迪亚，"他说，"你将得到你想要的。"我没吭声。那时，我没能立刻找到要说的话，我也想听听他是否还会说些别的。

他说："我们之间最近发生的事，小莉迪亚，尤其是你圣诞前的斯德哥尔摩旅行后那几周，让我不得不怀疑你爱上了某个人。我们不必对此多说什么。而自然的结果是，每一天每一分钟，你都指望我死了、给埋了。我说得不对吗？不，你不用回答。可我不想间接地成为，某一天一个危险而罪恶的想法跑进你可爱的小脑袋的原因。因为我很爱你,小莉迪亚,我对你依然有很多爱……现在,你会得到你要的。"

我找不到语词。我拉过他的手,我的亲吻和眼泪打湿了它。我亲了他的白发,这一年,头发全白了。

而后他开口道:"不用说,任何时候你如果愿意来看看你的小玛瑞安娜和你过去的家,你总是个很受欢迎的客人……"

艰难地,我好歹吐出一声:"谢谢。"

我们又继续坐了一会儿,盯着就要熄灭的余烬。然后互道晚安,走进各自的卧室。

今天早饭后,我们谈论了那些实际的事务和细节。他打算给我一年5000克朗(无条件地)。不过我坚持己见,只要2000克朗。我不想跟他要超出生活需要的钱。他说资助太少的话容易引起各种闲言和诽谤,人们会认为我背叛了婚姻的誓言,这才以微不足道的数目给赶了出去……可我还是坚持2000克朗。我不在乎人们的闲话。我不愿我所得的超出了我有理由获得的,某种程度上。我不曾对奢侈感兴趣。斯德哥尔摩带家具的两室小公寓就是我要的全部,我说。于是他表示,至少得让他为家具出资。对此,我表示感谢。

现在,一切都安排好了。下周初,我会去哥本哈根,和伊斯特一起(伊斯特·罗斯林,马库斯的一个亲戚,比之马库斯,她更是我的好友,就是和我一起在歌剧院的那位),顶多十四天,我就自由了。自由,自由!

……

莉迪亚

一周过去了。而后，一张寄自哥本哈根的明信片到了，上头有市政厅的尖塔、布里斯托宾馆和一些问候的话语。又几日，来了封新的信件：

阿维德，现在一切都安排好了。几天后，我就在斯德哥尔摩了。别到车站见我，伊斯特和我一起。你我得十分小心，我得为我的小女孩顾及我的名声，也为马库斯，他对我已十分宽容，我不想给他制造不必要的伤痛。等我将新的小家收拾妥当后我们再见面。我就想找一套厅里带煤气和自来水管道之类的两室公寓。那么，到时候见！

哦，阿维德，这么多、这么久的空空岁月里，我心中积累的所有对真爱的向往，如今，正等着你！
……

莉迪亚

阿维德捧着信，坐着思忖。他觉得在等待着他的这一切面前，自己是那么渺小。要让这么个期待平静下去，恐怕不是什么小事。

——可那是莉迪亚，而我爱她。

3月春分时节。圣母领报日的前一天。就是说第二天不出报，他休息，整个白天和整个晚上。

早晨，他收到一张明信片：

亲爱的兄弟

你还记得吧，你答应过找时间来我这里看看我的画。非常欢迎你今晚前来，你可以在这里过夜，最后一班火车是11点半，而那时是夜晚最好的时刻。还会来几个别的朋友。

你的朋友

汉斯·贝林

这张明信片来自莉迪亚。友人贝林纯属杜撰。和他商定之后，根据他关于笔迹的概念，她在明信片上采用了一种刻意写得更大、更宽也更男性化的字体。而他也留意提前和达格玛多次提起这位友人贝林。他们是在自由思想俱乐部认识的。那是个有才华、有前途的年轻画家。住在郊外，朝着盐海浴场方向的某个地方。可他是个单身汉，没法请女士。因此这份邀约对达格玛来说不算意外。"好的，"达格玛说，"一切顺利，玩得开心！"

他不想从家里的晚餐桌边直接前往莉迪亚的住处。为此，他找了个借口独自在大陆宾馆用晚餐。得以在教堂钟声为死去的国王敲响的那个12月的日子,他和莉迪亚一同坐过的沙发上就座……

吃着孤独的晚餐,他想:

我33岁,而她二十八,不对,几周前,她已二十九了,我爱她,生活是美妙的!

他继续想:

此外,总有一天,这将只是一份回忆,那时我是个老头,坐在火炉边,盯着即将熄灭的火苗,对自己耳语:可爱的、可爱的,是陶尼泽湖边的生活!

然而,无论如何,无论如何!果真是毫无可能让我俩有一天获得机会生活在一起,一同老去吗?达格玛就没有可能和别人陷入情网,因而主动提出离婚吗?唉,幻觉!这当然是可能的,他还不至于自负到觉得毫无可能,可要是这样,叫达格玛向他坦陈,提出离婚,那恐怕还是无法想象……

更可能的是,他想,她采取的方式多半和眼下我采取的差不多……

5点50分,他叫了一辆遮篷马车到莉迪亚那里去。他这么做是为规避在街上遇到熟人甚或达格玛的风险……

莉迪亚找到了一间在约翰内斯街的两室公寓,顶层,就在屋檐底下。他缓步爬那四层的楼梯,查看每扇门上的姓名,看是否有什么他认识的人也住在这里。有那么几户人家他听说过,不过没有他的熟人。当他走到第四层时,莉迪亚打开了门,他都没来得及按门铃。

"我站在窗边,看见你来了。"她喃喃地说。

两个房间不大。卧室很小。每个房间都只有一扇窗,不过视野很开、很阔。冰蓝的三月夜空升起了它高高冷冷的穹顶,在教堂红砖尖顶以及墓园里裸露的树干上方。越过斜对面德贝恩街的屋顶,可以一直看到国王岛。

外头那一间里,那个大一点的房间里,她摆上了桃花心木的家具。来自童年的家里的抽屉柜,卡尔·约翰时代的也在。老旧而越发少见,显然不再生产的那种方形钢琴上方的墙上,挂着一长排黑色小镜框,都是大作曲家的小肖像,总共有十个还是十二个。亨德尔、贝多芬,舒曼、舒伯特、肖邦,瓦格纳、比才,最后是格里格和薛格伦。在这些肖像之上,挂着她父亲的一幅草图,多岛海多结的松树间,"雨后阳光下",那红色的渔民小木屋。

"我要不要点上蜡烛?"她问。

屋子半暗。

"哦,还用不着。"他回答。

她既没有电灯也没有煤油灯。公寓里排着电线,可她不喜欢,就没费心去装电灯。而煤油灯又太脏、不舒服。写字台上,她放了两只古老的银烛台,每一只上插着三支蜡烛。在那只来自儿时家中的旧柜子上,有两支瘦削而古旧的涂了含青铜粉镀金清漆的烛台,就摆在帝国镜前头。钢琴上的两支蜡烛带着绿丝绸色调。

"不过天色越来越暗了,"她说,"你看得清钢琴上打开的琴谱吗?"

那是托斯蒂的一首短小的歌谣:当那些树叶掉落时……

"可以,"他说,"我看得清……"

"记得吗?"

当然,他记得。他给她哼唱过一次,十多年前了,在那小花园的丁香凉亭里……

她在钢琴边坐下、歌唱,以她脆弱而清澈、或因激动而有些颤抖的嗓音:

当那些树叶掉落而枯萎，你造访
神圣土壤里，我的坟墓
远远的角落立着小十字架
而小花装饰着绿色土堆……

如果那时你捡起花插在卷发上
我心生出的那些花，
便知，那是我想过、却不曾写出的歌，
是爱的话语，不曾对你说

她唱完后，他站在她身后，轻轻爱抚她的头发：

"是呀，"他说，"我记得那时这首歌广为传唱，我想那是斯万·萧兰德让它流行起来的。如今却不怎么听得到了。"

黑暗中，他们坐在窗边。一朵孤独的深紫色的云儿缓缓移动，高出了教堂塔尖。底下的城市里，灯给点上了。教堂墓园的坟间不再有小孩玩耍。星星闪亮着出现，一颗接着一颗。在西边，闪烁的金星距那朵紫云特别近，而在南边，在远处的国王岛上方，红色的火星在闪耀。

她坐在那里，两只手握着他的右手。

"跟我说说，"她问，"你是怎么结了婚的？"

他回答了，有些躲闪：

"也就是多数婚姻常有的情形。男人需要个女人，女人需要个男人。她是个漂亮的年轻女人，依然是。"

莉迪亚沉默着坐了很长一会儿，看着外头暗沉下来的蓝色。

"我可没见过她，"她说，"希望永远不用见她。她是浅色还是深色头发？"

"浅色。"

"哎呀，这反正无关紧要……"

他俩都沉默了。

"对了，"她说，"忘了谢谢你，上午给我送来东西。都在里头卧室的桌上搁着呢。"

他给她送了些法国梨、几串蓝葡萄、一些甜品、巧克力果仁糖，还有几瓶高苏玳葡萄酒。他事先问过她，最喜欢什么样的葡萄酒。她回答说，她对葡萄酒不在意，可如果非要说上一种，她最喜欢的是高苏玳葡萄酒。

他们默默坐着。她拿双手握着他的右手。天越来越暗了。带红色斑点的教堂塔楼在3月冷冷的蓝色天空背景下变成了黑色。

她说：

"你是否记得在大陆宾馆的那次，12月那次？"

"我是否记得……"

"我怎么*敢*的？在那么个体面而妥帖的宾馆！我实在是彻底疯了。明明随时都会来个人找我的，比如伊斯特就可能来敲门。门关上了，没人回应。要是那样，我们会做出什么来，我又会做出些什么？"

"嗯，那可不好说……"

"哦，阿维德，我们得特别小心，不能再允许自己做那样疯狂的事了……你不能来我这儿太勤，那会引起邻居的注意。我们也永远别指望一起外出，就算碰巧在街上遇见，都不能停下脚步说上半分钟的话。"

"不能，当然……"

他们默默坐着。楼下，在老树的骨架间，这里那里闪烁着一盏盏煤气灯。而在高处,那冷冷的蓝色里,金星和火星在燃烧。

于是她说:

"记得吗,那次在大陆宾馆,我问过你:你爱你的妻子吗?"

"嗯……"

"记得你怎么回答的吗:我以路德教的方式爱她?"

"没错。"

"然后我问:这什么意思?"

阿维德·宣波罗姆想了想。

"没错,"他说,"我记得很清楚。很快就有四百年了,马丁·路德博士的观点是,夫妇之间的真爱能在他们进行自然的和爱的行为时产生。这话兴许有一定道理,可也没那么多。"

莉迪亚沉默了很久。

"不,"她喃喃地说,"不,没那么多……"

他说:

"没有。这让人想起几世纪后青岑多夫兄弟会的方法,在那个教派里通常以抽签决定丈夫和妻子。抽签结果代表上帝的意愿。所有的迷恋、欲望和爱都来自魔鬼。按路德的意思,爱只允许存在于婚姻里。婚外的不是爱,而是淫乱和通奸以及所有其他肮脏的东西,记为将会承受地狱里的超高温……"

莉迪亚顿时脸色苍白,不过这苍白闪着光。

"来吧,"她说,"你可以用异教的方式来爱我。"

她伸手拉着他走进卧室,点亮了镜前的两支蜡烛。

两支蜡烛。他困惑地觉得,这似乎是某种宗教仪式。

……没有要放下的卷式窗帘,她还没购置这些,并且也不需要。对面没什么能看见他们的邻居。只有砖石带着红色斑点的教堂塔楼、墓园里巨大而古老的树木骨架,还有深蓝的三月天空和两颗硕大的星星。眼下那些小星星也出来了,一颗接一颗。

缓缓地,迟迟地,她开始解衣服。

……

一个小房间,一张大床。两支点上的蜡烛在镜子前。还有一扇窗,通向无尽和星星。

他说:

"莉迪亚,我来这里的路上想到一些事。"

"你想到了什么……"

"我想,果真是毫无可能吗,有一天我俩生活在一起,一同老去?某一天我是不是可以枕在你可爱的、可爱的膝上死去?"

她在床上坐直,回答说:

"你可是有个妻子,以路德教的方式爱着的妻子。"

他说:

"也许某一天我能和她离婚。眼下不可能。她父亲曾经很富有,可如今破败了、穷困了。这些我跟你说过。我要是这会儿提离婚就太难看了。"

"是的,是的,"她说,"我可一点儿没有要你那么做的意思。你给卡住了,我完全明白。我只拿我好拿的。我爱你,反正也没附加条件,你并没有在'结婚的承诺'下得到我。我们只需顺应实际情况。我很开心我重新有了自己以及自己的名字,再一次成为莉迪亚·斯蒂勒。感觉重新获得了自己,那个让我丢失、扔掉的……你看到门上我的小铜牌了吗？上边写着莉迪亚·斯蒂勒。没别的，没别的！不会有什么别的在我门上了，不管是罗斯林，还是宣波罗姆，还是别的什么！"

他躺在那儿思考。

"我对门上的姓名不感兴趣，"他说，"可有时候，我梦想我们俩的未来，我们俩共同的未来。我想知道的是，是否你也朝着这个方向梦想，显然你并没有。"

她在夜色中呢喃：

"我爱你。"

……

他俩都睡了一会儿或昏昏欲睡，而后她叫醒他：

"你饿吗？"她问。

"你呢？"

"我饿了，我有吃的。"

她站起身，裹上晨袍。片刻之后，她准备好了一桌的黄油、面包、冷芦笋尖，还有些别的。法国梨、蓝葡萄和甜点还有很多。他们只喝光了一瓶高苏玳葡萄酒。

"才12点半。"她说。

他斟满杯子，他们一起开心地碰杯：

"干杯，贝林兄弟！"他说。

她笑疯了，差点儿让葡萄酒呛住。

"我写那张明信片时，"她说，"汉斯·贝林对我来说几乎就是个大活人，我甚至想象了他大概是什么模样。他是个矮胖子，有浓密而林立的黑发，灰黄而耷拉着的胡须。外套上沾着颜料。"

"我们是不是也该给他一点尖胡子呢？"阿维德建议。

"不，"她若有所思地说，"不行，那跟他的总体风格可不配。"

"顺便说一句,"阿维德说,"其实我们是从阿纳托尔·法朗士的小说里偷出了我们的朋友贝林吧?布托瓦?"

"要不是你提起我还真没想到。这不是不可能的,'朋友贝林'确实和布托瓦有几分相像……"

镜前的两支蜡烛几乎燃尽。她拿来两支新的,点上,熄灭已烧到头的。

……再一次……

……她的眼睛大睁着,眼神严肃而坚定,她的上唇微微上扬,咬在一起的牙齿在半明半暗中闪亮……

……他们都醒了,坐直。有些类似于他们面孔的、两张带阴影的面孔在那面有两支蜡烛的镜子里看着他们,仿佛是从远处,尽管房间那么小。

快5点了。

"我们到窗边坐一会儿,看看星星?"她建议。

她借给他一件浴袍,自己则裹着晚装皮草。

已经没有星星了,最大的那两颗落了,而小星星已在越发苍白的黎明中熄灭。不过在西南方,紧靠教堂尖顶,有一弯月牙,在更深的蓝色里带着黄色。

他们手握手坐着。

她的头略微前倾,看着蓝天。

她说:

"月亮刚才还在教堂塔楼左侧,现在已到塔楼后头去了,再过一会儿,会从右侧再冒出来。这我见过很多很多次了,月亮从左转到右。有一次,在里维埃拉的某处,我跟马库斯谈起来,他说月亮其实是从右转到左的,他给我解释了这一切是怎么回事,我以为自己懂了,可我全忘了。"

阿维德想了想。他在乌普沙拉大学时修过天文课,得了个Ba。然而大自然赋予了人类那幸运的遗忘力。不然,就很难忍受人生。不过他觉得自己记得那大概是怎么回事,又不容易三言两语地说明白。

"并不只是月亮,"他说,"在我们的眼前、在天上从左往右地转,太阳和所有的星星也转。假如你仔细看星星如何运转,不是像这会儿只看短短一瞬,而是看上一周又一周,或只是一夜又一夜,那你自己就能看见它是从右转到左的。昨天这时候,它在距教堂塔楼远远的右侧。明天这时候,它就会在远远的左侧。明天大清早,5点差5分起来,你就会看见,这段时间里,它已从右往左移动了很长一段……"

他打住话头。他本想进行更详细的说明的,可还是把话收住了。他突然想起从前那个校长说过的友善话语,说他是"天生的教师"。所以,他没再吭声。

他们脸贴脸坐着。

"什么是幸福?"她轻声说。

"没人知道,"他回答,"也许那是某些人想象却并不存在的东西。是否真能想象它呢?真能想象一个持续而永恒的幸福吗,它总必须是永恒的,否则它会被结束的念头毒死……反正你那些珍贵的石头和珍珠不能带给你任何幸福,不是吗?"

她微笑、脸色苍白:"不能……"

"当《启示录》作者描画那永恒的幸福时,他将它描画为一座城——他显然是个城市居民——从天而降的城,一座新耶路撒冷,那里的房子是纯金的,城墙是碧玉的,而那十二座城门是十二种不同的宝石和半宝石。想象那无上的快乐和永恒的幸福时,人类的想象力就是这么贫穷。"

他们俩都沉默不语。

"你不冷吗?"她问。

"是有点冷。"他说。

于是,他们又爬上了床。

这个春天的3月末和4月初是那么美丽。有些个什么在日子里、氛围里、空气里，提醒他某个很久以前的春天……许是十年前，他和菲利普·斯蒂勒在国王公园散步的那个春日，已故的前国王从身边走过，他在古斯塔夫·阿道夫广场遇到弗劳提格男爵，跟着男爵去瑞德贝里，而后读到了《晚报》上的订婚启事……

3月末最后几天里的一日，下午5点的样子，他沿着皇后街往家走。他刚遇到莉迪亚，她走在路的另一侧，和伊斯特小姐在一起，他和莉迪亚交换了一个有些僵硬而正式的问候。

他在首饰店橱窗前止步，橱窗角落里有一枚小别针，可能是银的或白金的，镶着颗血红的石头，在他看来好像红宝石。他看了看价目牌，18.5克朗。他想，那一定不是白金的，最好是银的，而那石头，按价格看，太便宜，不像红宝石，可如果是玻璃的，也太贵。他好奇起来，走进去问那是什么石头，"是合成红宝石"，这是答案。

他决定买给达格玛。

可怜的达格玛，他边走边想，可怜的小达格玛，她在家开开心心过着日子，相信我如同相信《圣经》里的路德。她什么也不知道，什么都不怀疑，什么也不惧怕。我始终相信，没错，人对自己了解得那么少，可直到现在，我总以为自己是个真诚的人。当然，也不至于那么夸张，会招呼街头的熟人，告诉他们，我对他们的看法。无论如何，我自以为，诚实以及一定程度上对真相的无私的爱是我的本性里最基本的两个特征。而如今，我发现自己处在这么个状况里，谎言、诡计、伪善几乎成了日用必需品，我吃惊地发现，在这方面我也是一点都不逊色……

前一天，早上6点，他才到家。不过在晚间的早些时候，他已从办公室给达格玛打去电话，告诉她，汉斯·贝林在城里，他俩要一起喝点酒。所以她早就明白他不会那么快回家。

达格玛收到小礼物十分高兴，也很吃惊。

"是红宝石吗？"她问。

"不是。"他说。

"那么，是假的？"

"不，一半是真。化学家找到了一种办法合成很多小红宝石，那么小，本身没多少价值，弄成大的，这叫合成红宝石。"

"好奇怪！"她说，"那么不可能区分出这合成的和真正的红宝石吗？"

"我不知道是否不可能，不过，我没法区分……"

而后他们说了些其他琐事，谈起隆德斯特罗姆舅舅以及其他亲戚。达格玛说："终于看到你有了好心情，我真高兴。你自己都没意识到，这几个月里你有多粗暴、多难伺候。你说我们是不是可以邀请你的朋友贝林到咱们家来？"

"当然，嗯，当然，也许我们可以……"

然而，过了一会儿，他补充道：

"汉斯·贝林是个相当古怪的人，这世上他只对两样东西感兴趣，画和酒。几杯下肚就开始谈哲学。他绝对会因为女人在场而备受折磨，如果她们在场，他就不知如何表达自己，不知哪些字眼是能获得允许的，哪些不能……他对女性很礼貌，鞠躬时把腰弯得那么低，浓密的黑发就落在眼睛上，灰黄的胡须就沾在威士忌或潘趣酒里。正如我说过的，他是个古怪人，在我们的环境里，我猜他会很不自在。此外，眼下他正遭着自大狂的罪呢，他成功地将一幅画卖给了斯替尔先生，那个银行经理。斯替尔画廊代理他的作品了！这可不是小事！我想我们最好等贝林忙完了这一阵，再请他来我们简陋的家。"

"嗯，那我们就等等再说。"达格玛说。

这是一个花团锦簇的妩媚的六月。

这个月的第二天,阿维德租了一辆车,送达格玛、安娜·玛丽亚、小阿斯特瑞德以及女佣去中央火车站。和往常一样,他们将去达尔比度夏,在他父亲那里。他自己稍后休假时也会前往。总之,他是这么跟达格玛说的。而他已许诺莉迪亚,会找到借口留在城里。

圣灵降临节的前一天,他和莉迪亚旅行到斯特兰奈斯去,这并非毫无风险,可他们也不能总那么小心翼翼……他提前以画家贝林先生和太太的名义在城市宾馆订了房间。然而,他们差点儿遭遇致命的险情,宾馆的接待开心地认出他来:

"哎呀,宣波罗姆先生!"

阿维德在脑子里搜索记忆,明白这年轻人十年前在《国家报》大厅服务过。

"这不是奥斯卡吗?"他说,"抱歉,可我忘了姓氏。"

"拉松。"

"没错,告诉我,拉松先生,是不是有个画家贝林在这儿订了房间?"

"有,一点不错。"

"是这样,他叫我打声招呼,最后一刻,他来不了了,不过我们可以用他订的房间。"

"这可正合适……"

……

暮色中,他们在小城转悠。空气潮湿而微温。下过雨,可又放晴了。有着丁香和稠李的一个个小花园里散发出香味。古老的大教堂那坚固而严肃的塔楼在六月的夜晚明亮天空的衬托下呈现出暗色。梅拉湾水面平静而闪亮，茫然映射着空空的蓝天。

　　第二天，圣灵降临节，他们去听大弥撒。他们和其他人一起虔诚地唱赞美诗："唯一的天上的主。"他们垂下头和会众一起忏悔自己的罪："我这可怜的有罪之人……"他们聆听布道。那是个可敬的老牧师，也许还是主教，因为这是圣灵降临节，老牧师讲述了圣灵浇灌于使徒身上的事。他花了很长时间讲述当时发生的伟大奇迹，那时耶稣的使徒，那些无知而贫穷的人，因为圣灵的恩典拥有了说各种语言的天赋，这些语言原本是由以下这些人说的：帕提亚人、玛代人和以拦人，住在美索不达米亚、犹太、加帕多家、本都、亚细亚、弗吕家、旁非利亚、埃及的人，并靠近古利奈的利比亚一带地方的人，罗马来的客旅，或是犹太人和改信犹太教的人，克里特人和阿拉伯人①……
　　阿维德感到莉迪亚的头静静地垂靠在他肩膀上。他自己也有些瞌睡。不过，他还能感觉到牧师这会儿已谈到现代方言的事：

　　　　我们基督徒绝不能怀疑全能的上帝的能力，一天又一天，创造着和那时一样或类似的奇迹。但上帝不创造无意义的奇迹。通过圣灵的恩典，他让使徒们有了和异族人说话的天赋，以便在这些人里传道。这只

---

① 这一段的内容出自《圣经·使徒行传》，这段译文尤其是地名沿用了《圣经》和合本《使徒行传》2: 1-21 里的名称。

能借奇迹完成。一个真正伟大、美好而又充满意义的奇迹！可如果一个瑞典男人在瑞典男女的会众中传道，在此期间，突然开始说美索不达米亚语，那么无可否认——前提是它确实是美索不达米亚语，这种语言即使我们这个时代最博学的人也知之甚少——这是一个奇迹，却是一个意义和意思不容易被理解的奇迹……

就连阿维德也开始打盹……他们前一晚没能睡多少。

一阵强有力的管风琴声将他俩惊醒。有些晕乎乎地，他们加入了圣歌的合唱：

> 神圣的灵！心中的喜，
> 最好的宝藏和最高的慰藉！
> 您奉献自己，鞠躬，
> 当我把我的声音献给您。
> 您的庙宇无处不在，
> 那是您接受圣祭的地方；
> 让我的灵魂在那儿得到拣选，
> 您可以住在里面。
> 爱之火和恩之泉，
> 智慧之井和真理之灵，
> 您能释放良心，
> 当它被罪恶之火吞噬。
> 作我灵魂的见证，
> 神听到了我的声音，
> 作为父亲的孩子；

于是我满意而开心。

您仁慈，温和，谦恭
像一只鸽子，却飞走了
飞离愤怒和血腥，
有骄傲而巨大的精神。
……

礼拜结束后，他们看了看老斯滕·斯托罗的墓、罗杰主教的拖鞋以及其他几个历史遗物。走出教堂，走进教堂墓园，在大教堂古老的红色砖墙阴影下，他们在一把长椅上坐下。一场葬礼，贫穷的葬礼，一位脸色苍白、满脸粉刺的年轻牧师，零星的几个穿戴穷酸的送丧者从他们身边走过。而梅拉湾的水面光滑又静止，天空蔚蓝、空旷，不见一片云。

"跟我说说，"莉迪亚说，"神圣的灵，这整个儿到底是什么关系？"

"哎呀，"阿维德说，"这可不是三言两语就能说清的。有个三位一体，由父亲、母亲和儿子组成。在几乎所有催生了如今的所谓'基督教'的远古宗教中都能找到它的痕迹。然而那些'最初的基督徒'被他们对女性的仇恨和鄙视所困扰，我忘了是什么缘故。他们反对让女人在神之中占一席之位。不然，处女玛丽亚，耶稣的母亲理所当然可以成为神的。可她是个女人，所以算不上。然而，得是三位一体。因此，神圣的灵就给找来做补充。这是教会会议上决定的。来自天堂的最新的时髦消息是，一个罪人死了，往上到了天堂门口，敲门，对圣彼得说：'抱歉，其实我不该来这里,而是去别处,然而我可否从一个小小缝隙朝里看上一眼呢?''行,没问题。'圣彼得说,而后指着那些最著名的存在说,那边坐着圣父,那儿是耶稣,等等。然而那本该去别处的罪人问:'可那看上去那么哀伤、阴郁的绅士是谁?''那是圣灵。'圣彼得说。'可他为何看上去那么伤心?'圣彼得于是对罪人耳语:'哎呀,他正坐在那里沉思尼西亚的那次教会会议呢,正是在那里,以微弱的多数,可能还靠作弊,他才被指定为三位一体中的第三位,他是,相信你我才把这话告诉你的,唯一通过投票而成为神的。因此他才会烦恼。'"

莉迪亚笑了。

"没错,"她说,"我记得我学习这些时,这圣灵真是让我十分费解。圣父明明也是神圣的,也是灵魂,圣子也差不多,为何还需要另外的圣灵呢?"

"也许是因为,"阿维德说,"那时的信徒没把圣父和圣子想象为无形的灵。今日的信徒是否能这么想象可不好说。"

……6月明亮的绿色围绕着他们,蓝铃花在草上点头,蜜蜂嗡嗡叫,塔楼上的钟为那刚才给抬过去的死者敲着。

他们时常在暮色里坐在她的窗边,那时城市的喧嚣那么遥远,以至于能听见风在那巨大而老迈的树冠低吟。

在这样的一个夜晚,她说:

"今天我遇到他了,我以前爱过的那个人。"

他没吭声。他本来握着她的手,这会儿他把手松开了。

"别这样,"她喃喃地说,"我说这个不是要让你难受。我们碰巧遇到,就一起走了几步,说了些无关紧要的事。跟他分开后,我简直不敢相信,以前我爱过他。"

听到这些话,阿维德感到欢喜像一股温暖的血流冲向心脏。可这只是最初的一瞬,紧接着他又心事重重了。

他们默默地坐着。

"你在想什么?"她问。

"没什么……"

"换句话说,想着某些我不能知道的事?"

"我在想某一天或许会发生的事,可还没发生的自然什么也不是。"

她疑惑地看着他。

"我不愿意你有这么糟、这么愚的想法。"她说。

于是,他们吻在一起。

"给我唱点什么吧。"他请求道。

她点亮钢琴上的两支蜡烛,坐下来,唱起舒曼的《到阳光下》。

她歌唱时,几只夜蛾从打开的窗户飞入,围着烛光扑闪。

而夏天在继续。

8月的一天,达格玛来信说,他父亲病了。这一年里,老人原本康健的身体每况愈下,不过直到几天前,他每天也还能起身的。可如今他躺在床上,是否能再爬起来还不一定。他毕竟74岁了。

阿维德赶紧带着信跑到莉迪亚那里。

"哎呀,是你吗?"她打开门,吃惊地说。而后她补充了一句,声音里有某种他以前没听到过的强硬:"我跟你说过,除非我叫你,别到我这儿来。我也会有客人,比如伊斯特或别的什么人……"

他有些僵住了。

"今天是有特别原因,"他说,"我父亲病了,可能会死,我得去看他。"

"你请坐,原谅我,刚才我有些严厉,"她说,"人不该对自己爱的人这么凶……"

她的手穿过他的头发。

"你父亲病得很重?"

"看来是这样,"他回答,"他74岁了,之前他从没有病得卧床,他这辈子都不曾这样。"

"是吧,"她说,"那你得去看他。什么时候动身?"

"明天清早。"

她眼里有泪。

"那么,梦结束了。"她低声说,仿佛说给房间听。

他不解地看着她。

"我是那么开心,"她说,"以为至少这个短暂的夏天会是我们俩的,我们俩。"

"我亲爱的,我们反正是要再见的。"

"谁知道呢?"

他拉过她的手,按在自己眼睛上。

"没人能把握生与死,"他说,"可我真不知道还有什么别的能将我们分开。"

她突然大哭:

"哦,阿维德,别走!不是现在,不是明天!你总可以稍微等一等,看是不是非走不可。我确信你妻子夸大了你父亲的病情,好把你引到她那里去!"

"不,莉迪亚,"他说,"她的信并不复杂,都是事实,不像是夸大或有别的动机。只是父亲卧床不起的事实,表明情况严重。"

她沉默了很久。而后她站起身,走到窗边。这是个灰色的日子。

"好吧,好吧,"她终于说,"你去吧。责任总是高于一切。你就去吧!再见!"

"莉迪亚,"他说,"莉迪亚?"

她突然又脆弱了,转身对他说:

"不,阿维德,我们不会就这样分开吧……"

她眼里有大大的泪珠,她的手臂搂着他的脖子:

"你愿意今夜和我在一起吗?"

"当然。"他说。

而后,她耳语道:

"那么,这个夏天我们一起有过的一切,再也不会有了,再没别的了。你回去以后,你有你的妻子和孩子、你的工作、你的朋友和同事，那是对我关闭着的整个世界。这一天会来的，我对你来说是麻烦而不是快乐。"

"哦，莉迪亚，你什么意思？你是不是疯了……我离开，可我当然是要回来的，并且我爱你。我们怎么就不能永远、永远地彼此相爱？"

她含着泪水微笑。

"能，当然，"她说，"永远、永远。或者，至少直到明天清早！"

他跑到报社，安排好必须安排的事，回家收拾了行李，出去进了晚餐，而后前往莉迪亚的住处。

第二天早晨，他起得太迟，赶不上原来设想的那趟早班列车。不过他搭上了晚上那一班。

莉迪亚站在铁路桥上，挥动着手绢。

老人快死了，并且他自己也明白。阿维德坐在床头边一张椅子上，父子俩不时交换几句平静的话语。窗户开着。外头，明亮的克拉拉河静静流淌在云杉覆盖的山脊之间。医生刚离开，是个本地医生，还很年轻，从业未久，阿维德并不认识。医生说了，最后时刻可能在几天或几周内到来。已发出电报通知阿维德的哥哥艾瑞克，艾瑞克随时都可能到。达格玛坐在角落里忙着针线活。安娜·玛丽亚和阿斯特瑞德在花园玩耍。

老人的思绪最主要的是在那个失去了的儿子身上，到了陌生的大陆，而后失踪、再没回来的那个儿子。

"你认为他还活着吗？"老人问。

"这种事很难去认为什么。"阿维德回答。

能听见外头小女孩们小小的欢呼，她们看见9岁的同父异母的哥哥冉格纳和养父永贝里，也就是那个牧师出现在小路上。哥哥冉格纳给小女孩们削了一条树皮船，还给她们讲童话。

牧师走进房间，阿维德把自己坐着的床头边的椅子让给牧师。

"今天怎么样？"他问，"很痛吗？"

"我一点不痛。"老人说。

"嗯，我亲爱的兄弟，"牧师说，"我来不是作为牧师而是作为老友。你和我，咱俩对终极的事知道得一样多。"

"我其实不怎么考虑终极的事，"老人说，"我考虑得更多的是那些活着的，那些我将要丢在这世上的人。尤其是他，那个我连他是死是活都不知道的人。我大概是对他太严厉了。那时候，我觉得那是唯一能为他做的、理所当然的事。可无论如何，我恐怕太严厉了。"

他合上眼睛，似乎昏昏欲睡。

听着老人的深重呼吸，牧师确信老人睡着了，便用低低的声音对阿维德说：

"到你父亲这样的人身边，我不是以牧师的身份来的。他一直是自己灵魂的拯救者。可作为一个牧师，我有时会去看望那些贫穷的农人老头和老太，在他们垂死的时候。如果他们提出这样的问题，我就告诉他们，地狱其实并没有听上去的那么可怕，他们并不总会因此感谢我。有个几年前死去的老头简直火冒三丈，他说：'这几年我很高兴，因为里克奈斯的乌勒·艾克斯下了地狱！'春天里去世的一个80多岁老太死前做忏悔。我能告诉你这事，是因为这并非犯下的罪过，而是没犯下的。她忏悔说，50年前，她大约30岁，和一个老头结婚，她受到极大诱惑要给老头来点'白色的玩意儿'①。她还忏悔说，这一点最为重要，这事终究没发生，因为害怕，*只因为害怕*，若是给发现了，怕刽子手的斧头，若是没人发现，就怕地狱。她问我，是否会因为她那有罪的想法和欲望受到永久的惩罚。"

"你怎么答？"

"我告诉她，没有人能避免犯罪的想法和欲望，而地狱是为活着的人准备的，不是为那些死去的。她一下子从床上直起身子，脸色煞白：'我本该50年前知道，拉斯村的艾克·佩尔斯追我那会儿！'"

---

① 白色的玩意儿指砒霜。

阿维德想着这些，"这似乎表明，"他说，"地狱对那些相信它的人来说确实有道德上的意义？"

"这很令人怀疑。我们只需回溯两三百年，就会发现那时的人们几乎个个相信有地狱，他们活着、有罪，和当下一样，甚至更糟。向我提问的那位老妇，我认识她很多年了，知道她是个出色而美好的女性。我相信让她免于犯罪的是另外一些完全不同的东西，某个她自己没理解、我也无法找到语言来形容的东西。一般而言，很难用语言形容这一类的东西，这些根本的、*真正*决定性的东西。我活得越久，越意识到这一点。顺便说一句，这样的事在我的教牧关怀工作中特别罕见。我得说，这个教区的人就算没我的教牧关怀也不怎么担心地狱。这片乡村的农人往往和他们的牧师一样智慧。'读者们'①正在减少。'读者们'老去、死亡，而他们的孩子们大多叛教，他们的童年和少年时期是那么苦难，那么缺少快乐，所以他们长大后便自我决定，要对此加以弥补……"

牧师站起身、打算离开时又补充道：

"韦姆兰的人，整体上是清醒而机智的那种人。如果1634年的一份报告可信的话，那时，这一教区几乎所有农人的男孩和女孩已经能读、能写了。他们有着极其古老的对歌、舞和音乐的爱。在这样的人里，'读者们'以及对地狱的恐惧能时不时地成为流行病，但永远不会在人们当中生根。"

通过开着的窗户，能听见小冉格纳清澈的童音在歌唱：

---

① 瑞典民间的虔敬派基督教复兴运动，强调对《圣经》等原典的阅读。

阳刚、无畏而自信的人
依然在那古老的瑞典,
强壮的臂膀、勇敢的胸怀,
战斗声中年轻人的温暖。
蓝色的眼睛时不时
在那花儿盛开的田野微笑,
狂野如海上的风暴,
温润如坟上的泪滴。

* * *

动身之后,阿维德只收到一封来自莉迪亚的短信。可这短信只有一行字、一句话,让他一刻也没法把信丢开。他时刻带着这封信,一旦独处就一遍遍地阅读。

而在过去的两星期里,他没收到她的片言只语。她不会是病了吧?为何不回他的信?每天下午,信件和他那滞后两天的报纸一同到来时,他总热切而充满焦虑地扫视每一条伤亡信息。有一次,他惊恐地盯着一条讣告,那上头有莉迪亚的名字,可那不过是个三个月大的女婴。而在同一张报纸上,在讣告的反面,很多婚礼启事间,他读到一条私人信息:"每天早晨走过你窗前,温暖的思绪成形,你的房间在这一刻满是玫瑰。莉迪亚。"

读到这启事,他自个儿笑了:

莉迪亚这名字,他想,并不像我以为的那么少见……

而后,他的视线滑向底下紧挨着的一条启事:婚姻。*助理教师*想遇见一位可爱的女士(最好是女教师),约30岁,健康(就连牙齿也健康!),中等身高,喜爱音乐。回答附照片……注明"瑞典 1908"寄往……

可怜的魔鬼,他想。这人显然是住在某个小地方……

就在那下头,有一条启事:"我9点来,S。"

他想,哎呀,小小的悲喜剧、薄伽丘故事和莫泊桑小说,一个作家单从报纸通告栏里就能获取多少素材啊!可我不是什么作家,也不想成为作家……当什么都行,但不是作家!

而后他接着想到:

我这是过着多么古怪的双重生活啊?长期这样,无论如何不行。我爱一个女人,和另一个结了婚。这另一个,达格玛,一点没察觉到什么不好的事。这不是一个正常男人的生活。这种生活顶多当作家才能得到宽恕。因为作家差不多能在所有事情上得到宽恕。没人知道到底是为什么,可事情就是这样。作家被视为不大负责任的人。

他并未完全摆脱那种辛辛苦苦却多少不为人注意的记者们常有的、对那些有"名"的诗人和作家的嫉妒。那些人,他们屈尊在报上写上点什么时,会因他们的"名"而非作品得到报酬和荣誉,他们让人谈起,让人播撒流言,让人庆祝生日和纪念日,他们在所有道德之上的更高空间里翱翔。他们为自己的小说和剧本素材追猎体验,而后,以适当的重新编排,奉上他们可能目睹了的可怜的琐事和陈腐的一切,以便让一群读者消化……

没错,很可能,他想,如今我过的就是一个作家的日子……可我肯定没权利这么做。我是个人,一个男人,但不是作家!我也受不了这个,这有违我的天性。我无法在一个我保证无论景况好坏都要爱她的这个女人跟前,一日一日伪装着生活。这个诺言我没法信守,并且已打破了它。那么我就得告诉她。告诉她,我们得分道扬镳,离婚。我得让自己的生活有序而清晰。再也受不了这种错误的双重生活了……

想了这么多,好像对他而言,一切都静止了。细节,那些实际的事,他怎么跟达格玛说呢,所有的一切该如何安排,不单经济问题,一切会成为让人晕乎的一片混乱,他看不到什么确定轮廓。

他坐在父亲的旧书桌前。对着卧室的门开着,卧室里,老人昏睡着,闭着眼睛,重重地呼吸。

阿维德坐着玩一支铅笔。他面前的桌上有一张纸。他的思绪还和莉迪亚在一起,于是他试着根据记忆画她的侧影。他觉得这图画像她也并不像。是她,可依然不是她。他擦掉,重新画上一遍。最终,他觉得自己真的成功了:这明明就是她,是莉迪亚,实在很生动、很像!

他把这小小的素描放进笔记本,走出门,沿河来一段晚间散步。下了一天雨,晚来天始放晴。云杉覆盖的布兰奈斯山倒映在清澈流淌的河水里,现出暗黑色。

他想着莉迪亚。

她这会儿在哪儿呢,在做什么?独自坐在黄昏里,弹贝多芬吗?走在我们上次一起走过的那些街道上吗?还是说坐在窗边,看着外头的空无?

他掏出刚画的那幅侧影,对着它注视良久。

不对,它可一点儿也不像她。他怎能以为像她呢?这根本就不是莉迪亚,而是一个完全陌生的女人。

他将小纸片揉成皱皱的一团,让它随河水漂走。

* * *

进入了9月初。白天潮湿而多云,夜晚漫长而黝黑。

看起来老人的身体似乎转好了。昏睡了几天后,一天下午他醒了过来，开始说话，句子很短，几乎听不见，可他说了。他甚至开起了玩笑。他对艾瑞克说：

"从这里，从我躺着的地方，我能透过窗户看见北斗七星跟往常一样往回走，就是说和北斗七星一比，我就是在往前走！反正一切的运动都是相对的。"

而他对阿维德耳语道：

"我的小男孩，我恐怕你在女人方面有些扛不住。这不至于羞辱一个男人。却容易将他往下拉。毁了他的事业，断了他的前程。"

他看着星星，仿佛只是顺便说起，似乎没有给予什么重视。没别人，只阿维德听见。

大约10点，老人又开始昏睡，能听见他长长的、重重的呼吸。

艾瑞克看护老人。其他人都上床去了。

可艾瑞克已看护了好几夜，他可能在扶手椅上打了个盹。

一屋子的人次日早晨醒来，而老人死了。

这个秋天清冷而潮湿。

10月的一天，在正午的微光里，阿维德沿皇后大街上行，走在回家路上。他边走边想莉迪亚。自从父亲死后，他收到过一封莉迪亚的信，很短而且相当普通，可以理解为她的思绪已距他很远了，不过也不是非得这么解读。他没去看她，因为她那么严格地要求他，不可不请自来。不过，他给她寄去几行字，告诉她自己回到了城里。

打那以后，已过去几个星期了。

有好几次，他在黑暗中走过约翰内斯教堂墓园，仰头看她的窗户。第一次，那里黑着。第二次，那里闪着微光。

他边走边想着她，带着疑虑。她或许已厌倦了她那自由而孤独的生活？在他之外，她几乎是一个人，除了伊斯特·罗斯林小姐，便和谁都没联系。也许她有时想念原来的家，她的小女孩，她那博学而智慧的、上了年纪的男人？在眼下的秋天里，她是否正拜访他们，却不愿告诉他……？

他已走到了隧道街的拐角。他一直觉得这是斯德哥尔摩最糟糕的街。尽管如此，他还是拐进了这条狭窄、黑暗、肮脏而臭气熏天的街，那是啤酒厂、口含烟厂以及其他的怪味，走到布伦克贝里隧道口，上台阶，走到马克姆斯辉纳德街，左拐，穿过静静墓园里古老的坟和稀疏的树。

……没有，窗户那儿没有光亮。

他突然觉得不想回家用餐。他走进马克姆斯辉纳德街的一家雪茄烟店，给家里的达格玛打电话，说自己要跟几个朋友出去吃。

当他重新走上街面时,突然和莉迪亚打了个照面。

最初的一刻,他俩都沉默着、困惑着。

"你去找我了吗?"她问。

"没有,"他说,"那可是违背我们之间的约定的。但我走过教堂墓园,看了看你窗口是否有光亮。"

她没立刻回答。他们默默地并排走。他们走入了教堂墓园。

"那么,"她终于说,"你是真在乎我?"

"你还需要问吗?"

她无言。

过了一会儿,他问:"我不在的这段时间,你一直在斯德哥尔摩吗?"

"当然,"她说,"不然,我还能去哪儿?"

他们走上一条黑暗里的小径,这会儿站在了那古老的漆成红色的木钟楼阴影下。他吻她时,她的头后仰着。

等他们重新缓过神来,他说:"我以为,也许你去看望了从前的家。"

她苍白地一笑。"不,"她说,"我没有。"

风在枯萎的树叶里沙沙响。

"你还有一点在乎我吗?"他问。

她站在那里,眼里满是泪水:

"也许有一点。"她说。

她拿双手捧着他的头,看着他的眼。

"可你,"她说,"也许不该太在乎我。那样的话你可能就蠢了。"

"是,当然蠢,"他说,突然变得喜气洋洋,"不过无论如何，这世上唯一的快乐就是做蠢事！"

她没有受到他那喜悦情绪的感染，神色凝重地盯着黑暗，保持沉默。

他说："我原打算和平时一样回家用晚餐的，结果我走到了这里，穿过教堂墓园，看了你的窗户。窗户那儿黑着。我突然不想回家了。然而如果那里亮着，很可能我也是一样的感受。就这么，我走进雪茄烟店给家里打了电话，说我要和几个朋友出去吃。不过，晚餐怎么样都不要紧。我们现在能上你那儿吧？"

她站在那里，似乎权衡着什么特别重要的事。她沉默了很久。

"不，"她这么说道，"不，现在不行，今天不行。"

"为什么？"

"这我不能匆忙地告诉你，不过你会知道的。"

他困惑地站着，一片茫然。

"好吧，好吧，"他说，"那我是得找个地方吃点晚餐了……"

"是呀，你去吧。"她说。

他们淡淡地握了握手，便分开了。

他去大陆宾馆进晚餐。纯属偶然，给带到了他私下称之"莉迪亚的沙发"的座位。那一晚，稍后他去了别处，见了好些朋友和熟人。在瑞德贝里，他碰上麦克尔和亨瑞克·瑞斯勒。对瑞斯勒，他有些反感，并不明白是什么缘故。不过，他从未表露出来，而当麦克尔招呼他和他们坐在一起时，他也这么做了。

"我高贵的朋友，"麦克尔对阿维德说，"你大概还不知道亨瑞克·瑞斯勒改变了谋生之道，如今成为探险家了吧？他去了趟哥本哈根，发现了一种叫白马的威士忌，你得帮我品一品，瑞斯勒已经把这酒介绍到这里来了。"

"所有的威士忌我喝着都一个滋味，"阿维德说，"我不曾有机会把自己教育成行家。"

"那你得早起练习，"麦克尔说，"不过，兔子眼下怎么了？"他转向瑞斯勒问道。

"您也是个猎人吗？"阿维德问瑞斯勒，"这我可不知道呢！"

"不，根本不是。我12岁时有一次总算拿弹弓打中了一只松鼠。我真击中了它，它摔在了地上，可当我试图把它捡起时，该死的它抓住了我的手，我只好松开它，让它跑了。就是说我连松鼠都征服不了，我永远放弃一切和威廉皇帝的竞争，按托尔斯泰的说法，皇帝时常'埋伏在门柱后，好逮住一只兔子'。几天前我进晚餐，我身边坐的是来自乡间的庄园主，她在耶和华面前还真是勇敢的猎户[①]。她问我：'那么，东马尔姆这一带有什么好的兔子出没的地方吗？'我说：'嗯，卡拉街和处女街街角算是不错。'而后她若有所思，这是我和她之间谈话的结束。这一晚，后来，女主人责怪我对那女士说了下流话，那女士以为我指的是某个不体面的东西，以为我会说：'不，女士，很遗憾在东马尔姆没什么猎场！'"

"我现在反正怀疑，"麦克尔说，"处女街这名字引出了某些下意识的联想，这能在一定程度上解释女士的误解。"

阿维德心事重重地坐着。想些别的。莉迪亚。她不能"匆忙地告诉"他，而他将会知道的到底是什么呢，她看起来那么严肃……

[①] 这里借用的是《圣经·创世纪》10-9：他在耶和华面前是个勇敢的猎户，所以俗语说："像宁录在耶和华面前是个英勇的猎户。"

他的注意力又回来了,因为有人来跟他干杯,那是瑞斯勒。

"干杯,"阿维德回答,"顺便说一句,有件事我一直想问,可也许有些失礼,所以你完全可以不回答。你的第一本书是以个人经历为基础的吗?"

"根本不是,"瑞斯勒回答,"一方面,那和我向往的事相关,另一方面也是我不敢真正经历的事。也许正因为如此,这本书在所有我写的书里给出了最多的真实印象。"

"恐怕是这么回事,"麦克尔说,"人从来都不会像他们随意撒谎时那样能把谎话说得那么可信。而真实往往那么不可思议,看起来倒像杜撰。"

"一点没错,"瑞斯勒说,"只是这可信度对我个人造成了可悲的后果。那时我深深爱上一个姑娘。她怎么看我的,我不知道,我一直不敢问她。一天晚上,乌洛夫·莱维尼在斯德哥尔摩大学的一场演讲散场后,我送她回到家门口,我问,怎么看我那本书。她回答说根本就不喜欢。我得出结论,她也根本不喜欢我,我们相当冷漠地道别。很多年之后,我才意识到正确的答案,她自然认为那本书是一份忏悔。因为它写了一个年轻人如何诱惑两个女孩,还写了张300克朗假支票的事,她当然不可能有多么喜欢这样一本书。顺便说一句,书评人也是这么对待这本书的,似乎显而易见,印着的一切都是真事。难以置信,这是那些圆滑的老评论员会做的,可他们真那么做了。那你还能向一个20岁的女孩要求什么?"

瑞斯勒一口气喝光他的格罗格,继续说:

"我最不喜欢斯特林堡的一点是,他让大众习惯于在读了一本小说后总是要问,谁是他,谁又是她,这人是谁,那人又是谁,多大程度上是真的?他让大众以为今天没有什么作家有能力靠说谎拼出一整本书来。打那以后,写小说和戏剧就是下地狱。我可受不了再那么做了。我愿意写一些我以为的世界,不用描写任何人物作为中间人,没有废话或装饰。然而,小说和剧本,呸,活见鬼!顺便说一句,其实对人类来说,只有一种存在模式,那就是什么也不做。"

他们开始讨论斯特林堡问题。到了午夜,阿维德·宣波罗姆站起身:

"请原谅,"他说,"我得去报社处理一下夜间电讯了。保加利亚王子费迪南德把恺撒这个称号引入了斯拉夫语形式,称为沙皇,我不觉得这能有什么进一步的意味,可谁知道呢……晚安!"

第二天早上,他来到报社,发现桌上的邮件里有莉迪亚的一封信。他扯开信,读了起来:

阿维德

你不在的时候,我属于另一个男人。不是爱,也不是什么别的。哦。我自己也不知道那算是什么……可在你离开后,我觉得自己那么孤独,为上帝和整个世界所抛弃。我一直看见你在我眼前,和你妻子在一起,终于,这变得难以忍受。我得找到什么来补救,或许我也渴望知道,自己是否能干预一个人的命运。

这事已结束,在你回来前就结束了。我想你不会因此就排斥我。不过,随你怎么做吧。

我想在我们下次见面前让你知道。当面说给你听,我做不到。

莉迪亚

他站在那儿,惊呆了,手里抓着她的信。

不,这不会是真的。根本不可能是真的。

不,我在做梦吧,或者是她杜撰出来的,好试探我。一定是这样。下次我到她那儿时,她会看着我的眼睛说:"亲爱的,你真有那么一刻,觉得是真的吗?"

不,他觉得那样只会更糟糕、更残酷。而信件已说明了一切。

那么,是真的了,真是真的。

突然,他觉得不舒服。他把信揉成一团、塞进口袋,差点儿来不及穿过走廊跑到厕所,而后,他吐了。

他坐在大写字台后的椅子上沉思,走神地看着那些世界新闻杂志的名称:《时代》《晨报》《柏林午间报》……

他的第一冲动是根本不回信,可他觉得自己不能忍受这么做的后果:那就再也见不着她了。再也见不着了。不行,那是完全无法忍受的。不可想象。远远超出了坚持生活的可能性的极限。

他重新展开她的信,读了一遍又一遍。

"……你不在的时候,我属于另一个男人……看见你在我眼前,和你妻子在一起……"

"或许我也渴望知道,自己是否能干预一个人的命运。"

这什么意思?谁的命运,我的还是另一个男人的?人总是可以干预别人的命运。任何一个痞子都可以。有时也许不干预还更难。

"……属于另一个男人……"

不行,这封信可不是能回复的。假如我还有那么一点尊严的火花,我会将它扔进厕所,再也不见她,甚至在街上遇见也不会认得她!

然而无论如何,再也不见,再也没有,在街上和她擦肩而过,像陌生人路过另一个陌生人,也许都不会互相招呼……

"看见你在我眼前,和你妻子在一起……难以忍受……"

突然他看见了这个:*这里存在挽救。深渊间架起的桥梁。和解的可能性。*

就是说，是嫉妒导致她背叛了他。因此，这是爱。那么为何不能将整个故事一笔勾销呢？

他拿起一支钢笔写道：

莉迪亚

我欺骗了也受到了欺骗。我拿你骗了我妻子，拿妻子骗了你。这交响曲里唯一缺少的是我妻子欺骗我，即便是那样，我也无权抱怨。当然，我曾以为你我之间有过、有着的一切是一些特别的、独有的，与报复法则以及这一类轻浮行为无关的。我自然不曾料到，一个寂静的九月天，我在家乡的小教堂墓园埋葬我父亲时，你正开始一段风流韵事。不过，人得忍受一切。人得接受世界的本来面目，即使人有时会有些吃惊。我得接受你的样子。我明晚9点到你那里，如果你给我这份荣幸接纳我的话。

可有件事，我必须提醒你记着，亲爱的莉迪亚，说起女人的情人，人们通常运用澳大利亚原住民的算术：最多只能数到三。之后的就叫作"很多"了。

阿维德

发信前他又读了一遍。这轻松而讥讽的调子其实并不能反映他的心情。而那真正的感觉他根本无力表达。信就这么着吧，他发了出去。

而后，他又把她的信看了一遍，再次停在这些字眼上："或许我也渴望知道，自己是否能干预一个人的命运……"

* * *

第二天晚上9点,他站在约翰内斯教堂墓园,抬头看她的窗口。那里有微弱的光亮。他爬上四楼,按响门铃,没人开门。

他又按了一次,没人开门。

他按了第三次,没人开门。

他去了一家酒馆,喝了个烂醉。

在他生命后来的阶段里，阿维德·宣波罗姆回想起这个秋天，1908年秋，他自己称之为"地下通道"。他觉得自己走过了一个长长的、弯曲的地下通道，越来越窄，最后他必须爬行……并且，他找不到出口，也看不到哪怕是最微弱的一道光亮……他突然觉得自己老了。似乎每一天都老上一岁。

徒劳地按响莉迪亚门铃的那个夜晚之后的早晨，他收到一封她的短信：

阿维德

请原谅，昨天我没给你开门。不久前的下午，我收到了你的信，可我觉得还不想见你。而一个要对"风流韵事"负责的女人，对你肯定不合适。

责备，我是准备好接受的，但不是这样的。眼下我想独处。别来找我。

莉迪亚

他盯着那些可怕的字眼，胆战心惊、脸色苍白。
白天结束，到晚上，他才得以打起精神写封回信。

莉迪亚

显然我的上一封信没能给你传递出准确的印象，关于我读了你的信之后，我读到那些字眼，"你不在的时候，我属于另一个男人"之后的感受。我病了。不得不奔到厕所，手上还握着你的信。它让我呕吐……

我写回信时，几小时过去了。我有些沮丧，却没带任何恨意。我写信给你时，其实已原谅了你。我是谁呢，我来裁判你？我只是不明白，你怎么对"风流韵事"这字眼反应这么大。你自己会用什么字眼来称呼这样的事呢。"那不是爱"，你写道，那不就得叫它"风流韵事"了，我也没办法。你写道："责备，我是准备好接受的。"我真吃惊，你竟没期待赞扬！

有一件事你可以确信，你再也不会看到我像个爱的乞丐那样站在你门外了。上一次我受够了。

阿维德

几天后，像是隔了永久，她的回信来了。

阿维德

谢谢你的"原谅"，不过我拿它没用。你永远也不会看到我成为忏悔的抹大拉。

我确实对责备有准备，但不是"风流韵事"以及"澳大利亚原住民的算术"那样讥刺的语言。

我从来不曾、从来不曾料到你会写那样的信给我。

莉迪亚

读罢信件，因苦痛而脸色苍白的他把信揉成一团，扔进火里。

弯着腰仿佛一个老头，往返报社时走在街上，他眼睛朝下看着地面。他想避免和熟人打招呼，避免停下脚步和他们说话。有一天，他感觉到自己就这么从莉迪亚身边走过，没看她的脸，也没跟她打招呼。不过这只是因为疲劳和令人窒息的绝望。他没法抬头看，没法抬起自己的帽子。此外，他觉得这空洞的礼仪在两个曾经那么近又变得那么远的人之间有或没有都是一回事。

他经历了许多失眠夜。有可怕的半睡半醒中的幻景和想象。他看见她一直在自己眼前，裸着身子、和一个陌生的裸体男人在一起。那陌生人有一颗头却没有脸。他在半睡半醒中呻吟。达格玛时常醒来，问他是不是病了。

经常地，这一念头会来找他：他很快会死，并且还是死了好。这是解决他纠结的生活的唯一办法。他没考虑那些通常意义上的自杀，因为他有生命保险，无论如何，他还有一些对家庭的考虑。不过，他想出了一个从司法角度看不会被认作自杀的死法。当冬天寒冷的雪夜到来时，某一夜他会买上一瓶烈酒，普通烈酒，出去，在郊外的某个地方，沿着乡间的路飘荡，远远地跑到城市之外，进入森林的边缘，喝下整整一瓶酒，或是能喝多少算多少，而后躺下，在雪花中入睡。他肯定再也不会从那样的睡眠中醒来。

在白天，他像梦游者一样行走。在报社，如一台自动工作机。在家里，他沉默而严苛。他对莉迪亚的敌意对达格玛可没一点好处，相反，他对达格玛比以前更疏远、更冷漠了。她做什么都让他恼火。即便他从未真正以巨大的激情爱过她，他总带着赞许来看待她的。如今不同了，因为她不知道，她成了他实现爱情之梦的活生生的障碍。他甚至和小女孩们，和安娜·玛丽亚以及小阿斯特瑞德也有些疏远了。他心不在焉地抚爱她们，心不在焉地听她们叽叽喳喳说话。有一天，摇晃着膝上坐着的阿斯特瑞德，突然闪过的无声的念头让他吃了一惊：长大了你会变成什么样呢，我的孩子——一个达格玛，骗来一个男人，而后和自己的战利品一起安顿下来，还是一个莉迪亚，诱惑一个又一个男人，从不安顿，直到年老和死亡终止这样的运行……？

因为有件事他确定无疑：那个男人，那个他离开时，她所属于的那个男人，不管那个人是谁，那人没有诱惑她，而是受到了诱惑。他还确信另一件事，那男人比他自己年轻，也许还比莉迪亚年轻。他并不真明白是为什么，但他很确信。他不知道那人是谁，甚至无以做出合理的猜测。可能这也就是为什么，在夜晚的梦里看得出那是个年轻人的头，却看不见脸。

然而，时不时地，为某种比他的意愿更强烈的东西驱使，他会去约翰内斯教堂的墓园，他在德贝恩墓前停留得最多。他会站在那里看，自己都不清楚站了有多久。他阅读碑石：

男爵
乔治·卡尔·冯·德贝恩
中将
波罗萨尔米、西卡约基、
新卡勒比、拉坡和尤塔斯战役
见证了他
保卫祖国的英雄主义

而在上头，在高贵的纹章周围，刻着几个字：荣誉·职责·意愿。

他再次抬头去看莉迪亚的窗户。那里闪烁着微弱的烛光。

11月过去了。每一天，黑暗越来越深地沉降在这片冬日黯淡的大地上。

12月的一天，圣诞节前夕，他收到图书装订工送来的几本书，其中一本是J.Fr.约翰松的《伊利亚特》老译本。

这背后有个特别的故事。其实是莉迪亚想要这本书。初夏的某个时候，那段快乐而短暂的日子里——如今，它们远去而死灭得那么彻底，似乎不曾有过——那时他们谈起过《伊利亚特》。她从未读过，但很想阅读。几天后，他有幸在一家旧书店找到一本，便买下来想送给她，可那是发黄而破烂的一大本旧书，得先交给装订工。如今，装订好的书到手了，是两本浅灰色皮面书，书脊上有简单的金色装饰——一副头盔，一把七弦琴。

现在他该寄给她吗？在发生了那一切之后？她也许会认为那是他想继续联系的序曲，似乎是在乞求爱。

然而，他答应过她。他把书包裹起来，让送信人发出去了。

同一天，他在皇后街正午的微光下遇到她，她停下脚步，朝他伸出手来。

"谢谢你的书。"她说。

"不客气……"

他们拐进旁边一条小路。

"还麻烦你给我送来。"她说。

他没立刻回答，他正强忍着眼泪。那可不是他想让她察觉的。

当他觉得自己可以用一种不那么颤抖的声音说话时，他说：

"那总归是你的书。去年夏天已经送给你了。不过装订工没能早些完工。"

他们在沉默中走着。

"那么，"她说，"我回家去了，再见。"

"再见。"

第二天，他又在同一时间，几乎同一街角，在同样的正午微光和夹杂着雪花的毛毛雨中遇到了她。他们短促而礼貌地打了招呼，擦肩而过。

可到了晚上，他给她写了封信：

莉迪亚

　　不能再这样下去了，我把自己交给同情和怜悯。

　　我还是不能真正理解你，假以时日，也许我能……10月，你因为我的信深感受到了冒犯。假如说我真要把瑞典语里最肮脏的字眼扔给你，我没那么做，甚至根本没想那么做，可如果我做了，那全部的重量哪能抵得住你信里的那行字呢，"你不在的时候，我属于另一个男人"。

　　可你因此受到了冒犯，而我请求你原谅。因为你是我全部的生命。我没法想象任何没有你的生活，无法想象今后我们俩在街上擦肩而过，形同陌路。

　　你不想要我的原谅。你在那上头吐了口水。

　　可我需要你的！原谅我！

阿维德

是在平安夜的几天前，他写了这封信。

他没收到回复。

终于下雪了,刚好在平安夜的当天。

阿维德·宣波罗姆不工作。清晨,他给达格玛、孩子们以及仆人包好圣诞小礼物,在上头写好了字。以前,他总会想一些韵文写上,这一次,他只干巴巴地写了他们的名字。

从清晨开始,他就游荡在点着路灯的街上,在那轻盈的、落了又落的白雪里。

在一个街角,他和菲利普·斯蒂勒快速交换了问候。

"圣诞快乐!"菲利普说。

"谢谢,你也是……问候你太太!"

几年前,菲利普·斯蒂勒和艾琳·布鲁彻结了婚。他们没孩子。他们觉得养不起,有一回菲利普这么跟阿维德说过……

在古斯塔夫·阿道夫广场,他遇到了亨瑞克·瑞斯勒。心不在焉地,他几乎要抬起帽子,可他及时改了主意,只点了点头。不管怎么说,那一夜之后,他们开始丢开头衔、互称名字了。打那以后,他对瑞斯勒的印象好些了。

"圣诞快乐。"亨瑞克·瑞斯勒说。

"谢谢你,也祝你快乐……"

"和我一起去瑞德贝里喝一杯热红酒吗?"

"好啊。"

他们找了张能看到广场风景的沙发座。

"城堡外墙在这样的下雪天里成了很好的背景幕布。"

阿维德说。

"没错，"瑞斯勒说，"十年、十二年前那场装修前没见过城堡外墙的人就根本没见过它，它那么宏伟，接下来的一百年里都不会是那个样子了。"

他们默默坐着，看外头阴影的嬉戏，看那些路过的、时不时停步互祝圣诞快乐的人们。

"跟我说说，"宣波罗姆说，"你在一则短篇小说的某处引用了莎士比亚的一句话：'我在这暗黑的世上，以致无法找到自己的家'，这句话出自哪里？"①

"《安东尼与克莉奥佩特拉》，"瑞斯勒回答，"他写那部戏时和一个黑女人有过一段魔鬼经历。黑女人。不过他最终找到了回家的路。他在那里生，也想在那里死，小镇里的家。在此之前，他还赶得上给自己买下了庄园、土地和最低级的贵族头衔，于是他在度过了喜剧演员和让人看不起的作家的一生后，终于能作为体面的绅士走进坟墓。"

阿维德盯着外头变化着的阴影。那边走过的不正是凯·里德纳嘛，大衣领子上翻着。

凯是阿维德在外国事务室的会俄语的同事。一个25岁上下的十分忧郁的年轻人。去年春天，有一回凯告诉宣波罗姆，自己只缺一个结束生命的适当借口。他非常穷，很难往前走，在他看来这不算好借口。他自称虚无主义和无政府主义者。阿维德记起有那么一回，是圣灵降临节在斯

---

① 这里的译文遵从小说中的引文，也就是《安东尼与克莉奥佩特拉》的瑞典文译本翻译。英文是："I am so lated in the world, that I have lost my way forever." 这里特意保留了瑞典文译本里"回家"一词，未根据英文版做修正，因为小说作者下文回应了"回家"一词。

特兰奈斯吧,自己碰巧和莉迪亚说起凯。提起凯想自杀时,莉迪亚说:"哦,那自然是说说而已,不过,他这名字真美,凯·里德纳,听上去那么美……"

宣波罗姆沉浸在思绪里。不过亨瑞克·瑞斯勒把他唤醒了。

"无论如何,对维克塞尔的判决是不是很奇怪?一个国民经济教授,年轻时因为'亵渎上帝'已蹲过监狱,因为对真理近乎病态的热爱闻名,突然复出,在一群年轻人前发表演讲,他可能是有些粗鲁地取笑了有关圣母玛利亚童贞的教条。他说的话也没在报上报道,他们只提到他说了些粗鲁的话。半打记者,他们中都没有一个人——就连我的朋友克瑞格斯贝里也不例外——身体里的宗教能和教堂风标一样多,却大喊这事超出了所有界限,维克塞尔必须受到起诉和审判!于是维克塞尔被起诉了、被*审判*了!我们拥有的是什么样的法庭啊?法律要求必须是引起听众的'普遍愤慨'才能受审。然而,对那些听众,他可没冒犯,恰恰相反,那些年轻人兴高采烈!他对克瑞格斯贝里等人是引发了'普遍愤慨'!或更确切地说,克瑞格斯贝里等人掀起了对他的'普遍愤慨',这就是维克塞尔受审的原因!"

"是啊,"阿维德说,"确实有点奇怪……"

"顺便问一句,最近你在《国家报》还好吗?"瑞斯勒问,"乌洛夫·莱维尼死了,罗克副教授接替了他的工作。哥克布拉德和托斯滕·赫德曼现在太重要了,没空给报纸写文章。在《国家报》再也看不到他们了。麦克尔到了马路斜对面的《每日邮报》。克瑞格斯贝里顶替了麦克尔的位置!栋科是唯一一个自1897年以来还留在船上的人。然而猫,猫得救了[1]!"

"是的,"阿维德说,"自1897年以来,的确发生了不少变化。可我得走了,你还留下吗?"

"我再待上一会儿,再见。哎,稍等一会儿,罗克副教授最近没写什么关于帕斯卡的文章吗?关于他是怀疑主义大师的事。他从乌洛夫·莱维尼那儿把帕斯卡给继承了,那是他继承的唯一的东西。如果可以相信帕斯卡的妹妹撰写的帕斯卡传记,帕斯卡从不怀疑,甚至不曾有一刻怀疑'那些神圣的真理'。他脆弱、多病,各方面都倾向宗教。可同时,他还是数学和物理方面的神童,这就是帕斯卡近来对宗教具有重要意义和益处的原因。没人会注意一个正面谈论上帝的牧师,那是牧师的工作,就这么简单。可要是数学和自然科学家们,比如帕斯卡、牛顿以及斯维登贝里这么做,那么,'我们的主'的追随者就知道要对此留意!"

阿维德于落雪中在街上漫游。

距晚餐还早。圣诞夜,不到7点他们不会进晚餐。他走进"自北方"吃一点早午餐。

在窗边的一个座位那儿,坐着一位诗人和两名喜剧演员。阿维德在他们附近的一张桌边坐下。他听见诗人在谈年轻时的爱情奇遇。

"曾经,在70年代初,"他说,"我深深爱上了在精灵河街雪茄烟店的一个姑娘,我们在一起真是很愉快。然后另

---

[1] 原文是德语:"Aber die Katz', die Katz' ist gerettet!"出自海涅的诗歌《记忆》,诗歌里的原句是:"Doch die Katze, die Katz' ist gerettet."

一个诗人抢走了她,一个有金子和皮草的诗人!那是爱德瓦德·贝克斯特罗姆!于是我说,去你妈的。可有一天晚上,我在外头遇见她,我们一起朝着船岛走,那里有特别明亮的月光,我责备她的不忠,于是她站在码头上,展开双臂说道:'我发誓我这辈子从没爱过别人,除了你!'而后,就跳进了水里。"

"那么,我猜你也紧跟着跳水了吧,好把她钓回来?"那群人里有人发话。

"不,"诗人回答,"我可早就拥有她了!不过我躺在码头上,一只手抓住一个铁圈,另一只手把姑娘拉上来。而后,我把她放进四轮马车,送她到她母亲那儿。我跟老太太解释原委时,爱德瓦德·贝克斯特罗姆进来了,穿着他那可恶的皮草。老太太指着我说,这年轻人救了莉迪亚。于是爱德瓦德·贝克斯特罗姆做出掏钱包的动作,不过我说,不,对不起,贝克斯特罗姆先生,我也是诗人!而后我就离开了。"

阿维德边听边琢磨:"莉迪亚,这么说1870年代也有个莉迪亚。哎呀,肯定一直存在着,将来还会一直存在,她永恒,就像大自然。"

再一次地,他于落雪中在街上漫游。

内心的某个什么驱使着他进入约翰内斯墓园。他为自己的脚步羞愧,可它们将他带到了那里。

他还是站在德贝恩的坟墓边,拼读那磨损了的金色铭文。

荣誉·职责·意愿

他的思绪不知怎么地跳到了凯·里德纳身上。"听上去那么美！"她曾这么谈论他的名字，凯·里德纳在这整个秋天不定期地来报社工作。过去几周，这人几乎没露面。病了，里德纳说。这人看起来确实糟糕。栋科提起过也许将里德纳解雇。就像阴影里的阴影，里德纳走过瑞德贝里的窗户。

"阿维德。"

他转过身，是莉迪亚。

"我想，我透过窗户看见你了，"她说，"可我不是很确定。"

他沉默。

她低声说：

"一起上我那儿去吧。"

他摇头。

"不，"他说，"你拖得太久了，你折磨我折磨得太无情也太久了。"

"原谅我，"她喃喃地说，"来吧，我请求你。我太孤独、太绝望。这是我最后一次请求你，要是你还是说不。"

他跟随了她。

他们坐在窗边，而雪，落啊落。她的两眼里全是泪。

"告诉我一件事，"他问，"你在那封信里写，你想看看是否有力量干预一个人的命运，这是什么意思？"

"哦，没什么……"

"那样的力量，"他说，"应该人人都有，不过用那样的力量可得小心，你说呢？"

"也许，"她回答，"可现在，让我们任由雪覆盖住一切吧。"

"是,"他说,"让我们这么做吧。"

他们脸贴着脸,一起看着外头。而雪,它落啊,落。

《伊利亚特》在桌上。他问:

"你读了点吗?"

"没有,"她说,"不过,你给我读上一段吧!"

他拿起其中一本,是第二册,他翻动着,翻到第十四首。他给她念了那一段,明眸皓齿的美丽的赫拉借阿佛洛狄忒的腰带勾引宙斯,从而使他对其政治结合感兴趣。

　　带着唇边的笑,阿佛洛狄忒答道:
　　我不能也不该拒绝你的要求,
　　因你躺在宙斯怀里,而他是众神中最伟大的神主。
　　说罢,她从胸前解开那条编织精致的腰带,
　　多变的;隐藏于其中的所有魅力,
　　思慕的爱、疼痛的渴望、温柔的絮语,
　　它们能偷走最聪明的男人的智慧。
　　……
　　赫拉急忙朝着伽耳伽罗斯的顶峰进发,伊达山的最高处,
　　可她并没注意到汇聚乌云的宙斯。
　　当他看到她时,欲望笼罩了他的脑海,
　　就像他们第一次做爱,
　　瞒着父母同登床笫。
　　他向她走来,抬高声音说道:
　　赫拉,你要去哪里?你是从奥林匹斯来的吗?
　　……

来吧,在性爱的欲望里让我们上床交合。对女神或女人的爱从未像眼下这般炽热,它萦绕着我胸膛,征服了我的感知!
……

天越来越暗了,而雪,落了又落。

莉迪亚站起身,缓缓地将手穿过他的头发,把书从他手上拿开,放在桌上。

"来。"她说。

她走进卧室,点开镜子前的两支蜡烛。然后,缓缓地、无声地,她开始解自己的衣服。

窗外,冬日的黑暗已降临在墓园的树木上。而两支蜡烛在镜前寂静地发出微光。

突然门铃响了。他们都从床上坐起、听着。门铃又响了一次。他们几乎屏住了呼吸。在长长的死寂后,门铃响了第三次。

他低声对她说:"你至少能对他仁慈点,把蜡烛灭了。他走入教堂墓园,回头朝这上头看时,不至于看见窗口的光亮……"

她回答:"哦,他应该是已看见我这儿的光亮了。最好他能一劳永逸地明白,我远离他了。"

她任蜡烛点着。

她还坐在床上,似乎在听。不过只有一片寂静。而后她问:

"告诉我,'阿忒'是什么意思?"

他想了一会儿,"阿忒,"他说,"是希腊的女神,较小的神里的一个。一个命运女神。一个不幸女神。她被看作令人神魂颠倒的堕落的化身。可是你怎么会问这个?"

"哦,无关紧要……"

她抬手托着下巴,看着外头空空的一切。

他躺在那里闭目思忖。她为何要问起阿忒呢?那男人也许时不时这么称呼她。也许在一封信里。他想起刚进屋时看见有一封信在桌上,而她慌忙塞进抽屉里去了。突然,凯·里德纳这名字又闪过脑际。里德纳不仅擅长俄语,也精通希腊文……

"告诉我,"他说,"你为何要问起阿忒?"

她茫然地盯着外头的空无,默不作声。

圣诞节的次日，阿维德回《国家报》工作。那天早晨，同事们议论的话题是这么个事，凯·里德纳于圣诞夜在哈嘉公园持枪自杀了。人们在圣诞日早晨，在回音亭台阶上发现了他被雪覆盖的尸体。

葬礼在死亡事件发生后不久举行。报社员工全体出席，栋科博士在墓边发表了简短讲话。

晚上，阿维德去看莉迪亚。这一次，她没叫他去。不过他觉得自己得照看她。

她打开门，脸色苍白。

"哦，你还是来了，"她说，"我没敢请你来，我怕你会拒绝。"

他们各自坐在即将烧尽的炉火前的一张椅子上。她盯着余火，眼里没有泪水。

她低声说："你参加了葬礼？"

"是的。"

他注意到她回避着那逝去的人的名字。

他们沉默了很久。而后他不去看她，说道：

"那么，是他了。"

她无声地点了点头。

她那么苍白，那么小，坐在那儿蜷曲着，似乎想藏起来并且消失。

"哦，他做得对，"她嘀咕，"我但愿能做出跟他一样的事。"

他把她的头压在自己胸前,抚摸她的头发、她的脸颊。"莉迪亚,"他喃喃地说,"亲爱的莉迪亚。"

终于,她的眼泪如大坝决堤,几乎无声地啜泣。

"我都做了什么,"她抽泣,"哦,他那么善良。"

"没错,没错。不过善良的男孩很多,你总不能和他们所有的人玩耍。"

她把头埋在他胸前,哭了又哭。

雅尔玛尔·瑟德尔贝里作玛瑞尔·冯·普拉腾的素描

V

"与你,更亲近,我主!"[①]

[①] 这是一首 19 世纪的赞美诗。据说是泰坦尼克号 1912 年 4 月下沉时,船上乐团由小提琴手带领演奏的最后一首诗。当时船上的许多乘客一起演唱,以消解面临死亡的恐惧。

出现了一段平静而和缓的日子。

雪落，很多的雪。这是阿维德和莉迪亚都欢迎的。也许他俩都有这样的感觉，这个冬天需要下比以往更多的雪。

而他觉得，她终于找到了平和，她不再"找寻"了。这一冬，她那么小，从不曾这般亲热和温柔。他比以前更爱她，也相信自己被爱着。他们之间发生的很多事让这一幻觉得以成立。可他不再计划为了她而和妻子离婚、破坏自己的家庭了。每当他的思绪试图朝着这个方向走，先前发生的事就从脑子里冒出来，尽管雪落了又落……他顺其自然，看它走成哪样算哪样。

不曾有一个字或一个暗示，表明她打算将来做他妻子。

恰恰相反。

"我永远不会再婚了，"冬天的暮色里，他们坐在她窗前的一天，她说，"一次足够，实在是太够了。"

而他逐渐习惯了自己奇怪的、如今竟已成型的双重生活。

冬去，太阳又回来了，雪融，又是一个春天。

春天的一个玫瑰色的黄昏,他俩并肩走在新墓园的坟间。莉迪亚从墓园门口一个贫穷的小老太婆手上买了只黄花九轮草的小花环。她想把它放在凯·里德纳墓前。可他们在庞大的城市墓园里找不着里德纳的墓,这里头比活人的小小城市还要密集。取而代之,她把花环放在了她父亲的墓前。

他们说到他们曾经认识的那些逝者,阿维德提起乌洛夫·莱维尼。

"好多年前,他邀我去他家,"阿维德说,"直到今天我都懊恼,偏偏那一次我有事去不成。没有人比他对我们这些下属更亲切、更有心,更有一种出乎自然的同志式的友善。除了联盟问题,他样样通晓。有一回他问我:'你明白那些挪威人是为了什么在吵闹吗?''是呀,'我说,'他们在吵闹,因为他们希望宪法的第一段生效。他们的宪法第一段说,挪威应该是"自由和独立"的国家。而如今的情形是,挪威外务大臣是由我们的外务大臣,那个只对我们的议会负责的人指挥的。这叫自治,不是主权和独立。我希望我们的外务大臣尽责尽力。可这没用,如果我们的外务大臣受制于比如说俄罗斯外务大臣,即便那人举止如上帝的小天使,那我们瑞典人也不会开心。''哦,不会开心,真是这样的吗?'莱维尼回答。"

"他们声称,"莉迪亚开了口,"他的死其实是自杀,并且和一场不幸的情事有关。你怎么看?"

"我跟他没那么近,"他说,"可我不信。他是诗人。我着实花了不少精力研究诗人的作品和特性,并且我得出了结论,在整个世界文学史上,很难找到一个诗人,一个真实的、值得关注的诗人会因为不幸的爱结束自己的生命。他们有其他渠道。他们有能力在诗集、小说或戏剧里释放自己的磨难。'维特'这个例子就很典型。那时,青年歌德有一桩纠缠不清的情感悲剧,他写了本小说,以主人公的自杀结尾。那时,这小说似乎引发了一场小小的自杀流行病,可不幸的是,它在诗人间并不流行!那种情况下,不知歌德如何看待这事,估计有很大的胜利感吧,帮那么多不适应人间的人匆忙离开了世界!而他自己慢悠悠活着,活成枢密顾问、部长和特别老迈的人,有超凡而受尊敬的结局。至于乌洛夫·莱维尼的死,那纯属事故。如果他真想结束生命,他不需要选择吞下一瓶漱口水,那玩意儿只是在极少的例外情形下会是致命的毒药。他得了流感,发高烧,因为发热而头晕、口渴,这才喝下了漱口水。碰巧,他的体质对那并不特别危险的毒药过敏。另一个人就不至于这样。"

在稍稍淡去的玫瑰色暮霭的春夜里,她默默走在他身边。

"诗人,"他接着说,"是特殊的一种人,我提醒你要小心!他们很强,可他们时常以虚弱作为保护自己的伪装。诗人能承受那些通常会杀掉一个普通人的重锤。他会感到痛苦,可那不至于对他有什么特别的伤害。相反,他将它运用于工作。他将它消化!看看斯特林堡,他所经历的一切,他写的那些病态、可怕而困惑的一切并非他经历的,而是他自己以为的,但事实并非如此。相反,是他自己内在的病态、可怕和困惑导致他必须经历和承受所有的一切。

然而，除了伟大的诗人，还有哪个普通人能毫发无损地经历*他*所经历的一切呢？不单毫发无损，还加强了！所有他经历的苦痛都作为题材、营养、药物为他服务！几乎有助于健康。前几天早上，我在去报社的路上见到他。我不记得曾看到一个刚过了60岁的男人像他看起来的那样健康、强健而快乐。"

莉迪亚走在他身边，半垂着眼帘。春天的夜晚围绕着他俩，苍白继而发蓝。

她说：

"我想，你也许还是很愿意做诗人……"

他回答：

"我想做一个人，做一个男人。如果我能避免，我不想当诗人！"

她一边走，一边垂着头思考：

"可*如果*你是个诗人，你会不会像歌德和斯特林堡以及那么多其他人那样，从发生的事，从你的生活和真实、幸福和不幸里，提炼出文学呢？你会那么做吗？"

"永远不会。"他说。

他们的视线严肃而迅速地相遇。

停了一会儿，他补充道：

"再说我觉得那根本就不可能，即便诗人也不能用自己的爱创作文学，只要那其中还有一点生命的火花。它得先死去，而后他才能给它涂防腐剂。"

他们默默地并肩走着。

"既然你不想当诗人，"她说，"那你究竟想成为什么呢？"

"我可不敢说，"他回答，"你会笑话我的。"

"哦，不会，"她说，"我想你不需要担心，哎呀，你到底最想成为什么？"

"很难用言辞表达，"他说，"我想我愿意成为某个或许不存在的东西。我想当'世界的灵魂'。想做那个知晓也理解一切的人。"

天越来越暗。城里的灯给点起来了。

岁月流逝。

阿卜杜拉·哈米德在君士坦丁堡被废黜的同时，斯德哥尔摩人民之家的一次会议上，在部分神职人员的赞赏下，魔鬼遭遇了类似的命运。阿维德的大舅子，哈罗德·兰德尔是其中一个。牧师兰德尔以这样一种方式相信上帝，他认为那是一个美丽而有启发性的民俗概念，从中，人们，包括他自己，还是能获得很多力量和安慰的。而魔鬼，他认为已无可救药地过时了。虽然在讲道坛上他没说这样的话。他属于听从了维塔利斯·诺德斯特罗姆教授忠告的、年轻而有自由思想的牧师中的一个。忠告说："只有通过改变*调子*，才能使早该死去而太过陈旧的那一切彻底枯萎。"……波斯国王同意了，俄罗斯沙皇和皇后在斯德哥尔摩拜访了古斯塔夫五世，一位年轻的社会主义者因为没机会向他们开枪，转而恼火地射杀一名瑞典将军……而人类已开始飞了！布莱里奥飞越了英吉利海峡！

一年后的1月，可怕的拖着长尾巴的彗星来了——一天晚上，阿维德和莉迪亚站在天文台山看它。这一年里，稍后葡萄牙罢黜了年轻而有魅力的国王，成了共和国，而在摩洛哥上空，升起一团巨大黑云，大势力展示了牙齿，彼此咆哮，却没一个胆敢咬第一口！

这两三年里，在业余时间，阿维德忙于写一本有关肖邦的专著。这本书在1910年秋总算写完并出版了，配了丰富而优美的插图。音乐大众很喜欢，这本书甚至出了第二版。

"你希望我在献词里写上什么呢?"他带着书来看莉迪亚时问。

"你想写什么就写什么,"她说,"不过拿铅笔写吧,如果伊斯特想借,我能把它擦了。"

于是,他写道:

> 莉迪亚漫不经心地弹她的肖邦,
> 于是,她该挨一顿痛打。

他能这么写,因为他们是那么好的朋友,她也受得了逗弄,这在女人中罕见,虽然她其实弹得非常动听。

同一天的晚上,他们一起去了歌剧院。是卡鲁森夫人的《卡门》。他们都热爱歌剧,几乎是狂热。

当然了,他们没挨着坐,她坐在前头一排,斜对着他。在剧院时,他俩也没说一句话。

歌剧结束后,他得到报社去。不过,他先送她回家。像先前的很多次一样,他们站在古老钟塔的阴影里。这是个刮风的秋夜。月亮匆忙地穿过参差不齐的云,看起来苍白而病态。风呼啸在越来越薄的树冠里。

他们默默站着。

"这会儿,可怜的唐璜给绞死了。"

"他是给绞死的?"她问。

"没错,在梅里美的短篇小说里他是……"

她想了想。

"你能理解吗,"她说,"一个男人会杀死一个女人,因为她不再爱他?"

他回答说：

"她毁掉了他整个可怜的生活。她将他变为逃兵和强盗。此外，最后一幕有一点很妙，起初，他根本没想杀她，那不是他来的原因。可她驱使他那么做了。她嘲笑他，挑衅他到了极点。她以自己对另一个人的爱往他脸上吐了口水，她还以此作鞭子，打穿了他的眼睛。那他自然是不得不看见血红色了！他是个普通人，不是'诗人'，如果他是个诗人，卡门就可以免于在他刀下死去，而他也可免于给绞死。诗人有别的渠道，其他通风口和出口。"

而后，他笑着补充：

"对了，一个很有才华的诗人和一位年轻女演员订婚有一阵子了，可几天前，他们解除了婚约。诗人立刻在《国家报》完全用诗歌形式披露了婚约解除的原委和内情！"

莉迪亚笑了：

"是的，我读到了……"

他跟着她到了门口，他们以一个轻轻的吻道别。

他在教堂墓园停留了几分钟，好确认她窗口点上了光亮。那里是亮了，可立刻就灭了，因为她拉下了卷式窗帘。

她终究是添上了卷式窗帘了。

这些日子，他觉得，既然人已经学会飞行，那确实是需要卷式窗帘了，在约翰内斯教堂墓园边的四楼公寓也是……

离婚以来第一次，莉迪亚在她以前的家里过圣诞。

"这里一切都像从前一样，"她在信里写道，"像从前一样，红腹灰雀歇在我从前的窗前那些霜白的枝干上。像从前一样，我于晚餐后在半黑的沙龙里给马库斯弹了会儿钢琴。我的小女孩儿长大了，实在是可爱。马库斯对我很友好、很善良，虽然没说多少话。近几年来，他老了很多。"……

冬天过去了，又是另一个春天。夏初，阿维德让自己小小地奢侈了一把，他和莉迪亚一同去了哥本哈根和吕贝克。他们在哥本哈根的趣伏里游乐园玩了旋转木马。他们在乘蒸汽船前往吕贝克的明亮夏夜里，坐在甲板上。早晨他们抵达小而有趣的特拉沃明德，他们时不时看见一只鹳单腿站立在沙洲上沉思。在黄昏，他们穿行在吕贝克蜿蜒的老街，在一家14世纪的古老地窖喝莱茵白葡萄酒。他们走在古老的大教堂两座倾斜的铜绿色的铜质尖塔下，简直有些害怕尖塔会倒下砸到头上，倾斜得就有那么厉害！他们站着，并在窗台那儿亲吻，很快就是四百年前了——正是在市政厅的这个房间里，年轻的古斯塔夫·埃里克森尽力以低地德语和吕贝克的议员们交谈，从而达成了他的愿望……

1911年秋，阿维德又出版了一本书。书名是《国家和民众》。它出版得恰逢其时，内容和瑞典在不久的将来的外交政策的立场、前景和资源相关。这本书中有一些想法，使他不得不历史性地回到卡尔斯塔德的高中时代，然而，这些想法仍保留着色彩。书里也有稍后一些时期的想法。不过那时的瑞典已对自己的未来感到不安。这本书在几星期之内就有了第三刷。

那一年他的努力总体是成功的，这让他吃惊，还让他有些不舒服。他不时地自问，我是个骗子吗，不然我的一切怎么会这么顺利？

他突然有"名"了，不是什么大名，可他这支笔，他的智慧也是数得上的了。

有好几周，他忙于写新年剧，为全国最重要的剧院经理采用。新年这一天，演出在古斯塔夫剧院举行。很成功，就连剧评也很肯定。自然，他不能把成功的主要部分归于自己，毫无疑问，成功属于图勒·特纳，一个出色的年轻喜剧演员和时事讽刺剧歌手，他那无法抵制而富于感染力的幽默感、他美妙的声音无疑是最重要的。来自80年代的老鉴赏家将他和辛格·乌尔夫相比，并且认为特纳更高一筹。他们还认为这出讽刺剧本身具有一定的独创性，这也许主要是因为它的作者，与同领域竞争对手不同，不曾去柏林游学，而是从雅典的埃米尔·诺兰德特、阿里斯托芬那里借出一些观点。不过没人注意到这一点。

这一年，莉迪亚也还是在她从前的家里过圣诞。不过这一次她停留得很短，新年第一天就回斯德哥尔摩了，为的是分享阿维德成功的激动和快乐。他们坐在最靠近舞台边的包厢里，而达格玛和她的兄弟胡果、哈罗德以及他们的妻子坐在池座的前排。

哈罗德·兰德尔，那个牧师，几天后碰巧在雅各布广场遇见阿维德时，祝贺阿维德撰写的新年时事讽刺剧不带一丝乏味的粗鄙。阿维德不得不由此得出结论，他的讽刺剧里的粗鄙正合牧师兰德尔的口味。

* * *

1月已向前推进，而成功显得巨大也可信，阿维德便在歌剧院夹层为图勒·特纳举办了一个小晚宴，邀请了五六个其他参演的喜剧演员和女士们。图勒·特纳演唱了贝尔曼的歌，阿维德给他钢琴伴奏，图勒·特纳也唱埃米尔·薛格伦的歌以及其他能想到的，他是不可抗拒的。图勒·特纳将阿维德拉到一边说："我过着地狱里的日子！我要对我的职业吐口水！我恨戏剧表演！我可不想当什么喜剧演员！我想写剧本，想当作家！我会是个作家！你等着瞧，等着瞧！"

图勒·特纳24岁。

几个月前，阿维德度过了37岁生日。他回答："亲爱的朋友，看来你正经受着常见的青年人所受的折磨，对此，亨瑞克·瑞斯勒在他的一本书里描绘过：一个人只要还年轻就不敢露出真面孔。人必须藏在一块招牌后头。此外，你是个受上天眷顾的歌手和喜剧演员，可你却宁愿当作家。你果真严肃地以为，那样会更好吗？"

2月底的一个深夜,阿维德在报社上了夜班回来,吃惊地发现达格玛还醒着,穿戴得整整齐齐。她来回踱步,他打了声招呼,她也不回应。

"怎么了,"他问,"你病了吗?"

"那边有你一封信。"她说,指了指桌子。

那是一张封缄信片。他立刻看出来自莉迪亚。他扯开信片边缘,读到短短一行字:"我明天不行。莉迪亚。"

他手持着这小纸片,既吃惊,也有些不确定。他和她之间一直有一种默契,她也一直遵守,绝不发一封可能在他通常外出的下午和晚上送达的信到他家里去。

"那么,"达格玛说,"谁是莉迪亚,她明天不能干什么?"

"这么说,你读过了。"

"没错,这也不是很难,我拿起它对着烛光照了照。在这种情形下有哪一个妻子不会这么做呢?"

她站在那里,昂着头,双臂交叉在胸前,带着悲惨的态度。她很年轻时热衷于戏剧,跟着一位有名的悲剧女演员上过课。

他们默默站立了许久。厅里钟摆的嘀嗒声是唯一能听见的响动。

"那么,"他终于说,"也就是说现在你知道是怎么回事了。"

"你也许幻想着,"她带着蔑视和嘲弄的笑容说,"我能忍受你有个情妇?"

"不，亲爱的达格玛，"他说，"我没有一刻以为或是希望你会忍受这个，既然现在你知道了。恰恰相反，我真心希望你不想忍受，而是尽快签署离婚文件。我会尽我所能让事情对你来说更容易些。"

她嘲弄的笑褪去，在他话还没说完时就消失了。

"离婚？"她说，"你什么意思？我没提离婚……"

"亲爱的达格玛，看来你还没真正弄明白情况，我喜欢别人……"

她不听他的话。

"离婚，"她说，"我为何要申请离婚？你不忠实，已经够坏的了。可还没坏到不能原谅。男人终归是男人。"

"这件事恐怕不能简单地原谅，"他说，"原谅意味着悔恨和改进，可我在这方面，对这事那事的都不能有所保证。"

她茫然地看着他，很不确定。突然，她崩溃了。她倒在沙发上，把头埋在一只靠枕里，抽泣起来。这不再是一个姿势了，不是戏剧。只是一个可怜的女人在受苦，而一个男人因她的受苦遭受着折磨。

他坐在沙发边缘，抚摸她的头发。

"别哭成这样，"他说，"亲爱的达格玛，别哭成这样！我不值得你哭得这么厉害。我不能要求你以你说的意思原谅我。可我还是请求你原谅，因为我伤害了你。也许我们在如今要分开之前，必须彼此原谅些什么。"

她坐了起来：

"你什么意思？你听说了什么和我有关的事吗？"

"不，完全没有。我想的是我们的'秘密婚约'。你明明非常清楚我根本没想结婚。你哄骗我违背自己的意志结了婚。一个以这样的方式开始的婚姻总有些易碎。如今，我们到了终点。我们应该原谅彼此的过失，而后，像朋友一样分手。"

她惊恐地盯着这屋子。

"你不该说这么可怕的事，"她说，"离婚，我们为何要离婚？我们为何不能继续迄今为止的生活？那个莉迪亚到底是谁？"

"怎么能继续迄今为止的生活呢？既然如今你知道了，就没法一样了。你自己说过，你不会忍受我有情人，那又怎么能和以前一样呢？"

她哭，她抽泣，接着又哭。

"哦，天哪，"她一边呜咽一边哭诉，"我干吗要对着光看那倒霉的封缄信片啊！要是我没看，一切还不是和之前一样！"

"哦，亲爱的达格玛，"他说，"你别懊悔了。不会永远的。一切都有个结束。我们欺骗了彼此，如今我们没法再一起过了。现在夜深了，很快就4点了，我们都饱受折磨，都筋疲力尽。现在我们说晚安吧，尽量睡一会儿。明天是新的一天。晚安！"

他想走进自己的房间，可她牢牢地拽住了他。

"先告诉我一件事，"她说，"谁是这个莉迪亚？"

"亲爱的达格玛，"他说，"你怎么以为我会回答这样的问题呢？"

"哦，"她说，"你以为我不知道她是谁吗，不就是在你的新年讽刺剧里演出的轻佻女戏子里的一个吗，卡耐尔太太。"

卡耐尔太太在他的讽刺剧里演一个小配角，碰巧也叫莉迪亚,快50岁了,即便和她的同龄人相比也不是个美人。

他不由自主地蹦出笑来。

可达格玛不能摆脱执念。

"你以为我听不出你的笑有多不自然吗!"她说,"可我*知道*是她。你替我告诉她,叫她留神!"

他突然看见了至少在这件事上全然无辜的卡耐尔太太将会遭受的长期骚扰和麻烦。他说:

"亲爱的达格玛,你的猜测完全是白费功夫。莉迪亚只是她给我写信时采用的署名。现实中她有个完全不同的名字。"

这个即兴创作没能骗住达格玛。

"我没你想的那么傻,"她说,"我*知道*就是她。"

她死死抱住固执的念头,因为这满足了她潜在的需要,来想象出一个"莉迪亚",一个全方位低于她的人,社会地位、道德和身体方面都远远在她之下。

他说:

"夜太深了。我们能不能互道晚安,明早再继续这场辩论?"

"我肯定不会阻止你睡觉,"她说,"如果你*能*睡得着!晚安!"

她进了自己的卧室。

他走进自己的房间,听着公寓和街上所有的声响,慢慢宽衣。他听见妻子走到厅里,又进了厨房。他听见水龙头关上又打开。他听见一辆淘粪车在街上嘎嘎响。

这一夜,他没希望入睡。

他醒着躺了有15分钟,也许30分钟,而后听见轻轻的敲门声。

他听着，没吭声。门关上了，拿钥匙锁了。

门上又响起敲击声，他沉默，听见达格玛的声音，虚弱、带着乞求：

"哦，阿维德，亲爱的阿维德！让我进来，我没法入睡，我那么害怕。"

他不回答。

"哦，亲爱的阿维德，别在意我说的那些蠢话！原谅我！我害怕孤身一人！请让我进去！"

他屏住呼吸，沉默着。

"哦，阿维德，我不知道我会干出什么！我会杀了我们的女儿，还有我自己！我要给屋子放火！"

他只好让她进来。

* * *

那一夜之后，他再也不在家里睡觉了。

他多数是在报社办公室的一张沙发上睡。有时，他在宾馆开一个房间，为了睡个好觉。

他在一封信里告诉莉迪亚发生了的事，还有他目前的生活状态。她回复了。她很抱歉自己少得可怜的一行字给他带来那么大的麻烦。她无法理解。"从你告诉我的关于你妻子很少的信息里，我有个印象，她也不比我能干，竟会看一封写给别人的信。"而后她继续写道，"我的小女孩眼下正和我在一起，她要待上几星期。这段时间我们自然不能见面。亲爱的，我实在也不知道往后会怎样。我的小女孩越是成长，我越意识到自己得小心，为了她要注意我的名声。而你有束缚你的事。让我们等待时间吧，让时间流逝……"

他让时间流逝，时间也确实流走了。

自第一次的激动以来，达格玛看上去平静了很多。或者更准确地说，她改变了策略。她谦虚、安静、听天由命地走动，是一幅牺牲自我的妻子的画像。这样她便获得了他的承诺，试着在家过上一夜，那一晚，她没招惹他。然而，才第二个晚上，他从报社回家迟了，她又变得和那个可怕的夜晚一样，只是稍有变化。最终，他在凌晨4点穿上衣服，走出去，在街上游荡到5点，那时他找到一家为马车夫和劳工开门的咖啡店。而后，他在一个角落、在一瓶啤酒边睡着了。

* * *

这一年的4月中旬有一次日食。同时，报社充斥着关于泰坦尼克号沉没的电报和描述。

阿维德站在动物园桥上，透过涂色玻璃看太阳。可他的眼睛很快就疲劳了，他更有兴趣看路人的影子似乎变得更苍白，终于给抹去，日食越来越大，太阳光变得灰蒙蒙的。

"哎呀，这不是宣波罗姆吗！你站在这里崇拜着自然现象吗？"

那是图勒·特纳，那位年轻演员和歌手，托他的福，新年讽刺剧才那么成功。至今每一晚还是满座，尽管已到4月中旬了。

"是呀……"

"你记得吗，"特纳说，"你记得吗，在上次你给我们安排的歌剧院夹层的小聚会上，你记得吗，我向你保证过我会成为作家？"

"不记得……哦，对，现在我想起来了……怎么样了？"

"我写了个剧本，"特纳回答，"这么说吧，我还只敢称之为草稿。最近这几天里，我可以读给你听吗？"

"当然，可我们在哪里听呢？眼下到我家去有些难，春天的扫除，诸如此类……哪天晚上，你到报社来吧，在那儿读给我听？"

"很合适。不过，就像我说过的，我还没真正写完。"

"嗯，反正也不着急……"

图勒·特纳看着走过的人们。阿维德顺便和擦肩而过的亨瑞克·瑞斯勒互致问候。瑞斯勒在离他们不远的地方停步，透过涂色玻璃看了看太阳。

"把我介绍给他吧。"特纳央求道。

得到介绍后，特纳问：

"瑞斯勒先生，您可能也知道，我是个滑稽和喜剧演员。可我决定提高等级，如今我写了个剧本。我可以请求您来听一听吗？大约一星期，我会到《国家报》编辑部读给我朋友宣波罗姆听，如果您也能来，我会非常开心。我认为您的评判实在太重要了。"

"谢谢，"瑞斯勒回答，"可如果这是出于礼貌，那我要谢绝。一个作家的才情越高，对其他作家的评价就越差。这是经验所示。因此，我并不因为你把我的评判抬那么高而得意。"

日食已过高峰。在走过的很多人里，也有莉迪亚和伊斯特小姐。可她没看见阿维德。

* * *

这些日子里，阿维德主要在外头就餐。

5月的最初几天，他坐在英国饭店一张靠窗的桌子边，俯瞰斯托洛广场。他刚用了晚餐，正喝着咖啡，抽着雪茄。

他作出了一个决定。他要写信给莉迪亚，请她和自己一起外出旅行。不管她是否同意，他自己反正要旅行去。说服达格玛在离婚协议上签名是没结果的。自从她知道他爱另一个女人，她就让一种混杂着仇恨的、对这男人的激情控制住了，这男人，这么久以来，她以为正确地捕获了的、不言自明的财产。没办法，对他来说实在没别的出路，除了离开。

他想起莉迪亚给他的一封信里短短的一行字："我们俩属于彼此。"

是呀，就是如此，就该如此。

这顿晚餐吃得迟，已8点半了。一团可爱的粉云正穿过明亮而有些泛灰的五月夜空。

他往报社去。

门厅的一个听差男孩通报说，图勒·特纳先生打电话找过他。

图勒·特纳。当然，肯定事关他写的剧本。不管怎么说，这人是一心要当作家了。

阿维德抓起一捆电报，心不在焉地浏览。

"斯特林堡情况如何？"他问一个年轻同事，这人正好进来借阅一份法国报纸。

"显然，正慢慢走向终点……"

电话响了。那是特纳。他问是否现在可以来朗读自己的剧本。

"欢迎。"阿维德回答。

过了一会儿，门口出现了瑞斯勒。

"图勒·特纳先生来了吗？"他问，"他早上给我打电话，我不答应来这儿听他的剧本就不肯罢休。"

"他很快就到，先坐下吧。"

瑞斯勒坐下了。

"我希望剧本不行，"他说，"竞争者已经够多的了。不过我记得这里的楼下有个小酒馆，你允许我让门厅的男孩给我们拿点威士忌和苏打水来吗？"

"请便……"

威士忌来了，紧跟着图勒·特纳出现了。

"坐我的办公椅，"阿维德说，"在那儿你看得最清楚。"

特纳坐下来，在绿台灯下的桌上铺开自己的稿纸。阿维德在沙发的一角坐下，瑞斯勒坐在另一角。

"为了您自己的利益，特纳先生，"瑞斯勒说，"我建议我们在您开始前先喝上一杯格罗格，那能让批评'立刻来得更快活'。"

他们干杯。而后，特纳开始朗读。

与其说是剧本，不如说是草纲。但他不时在已写好的内容上补充些尚未书写的场景信息。

开头，阿维德听得心不在焉，然而渐渐地，他让一种奇怪的感觉抓住了。压迫的痛苦。让人窒息的焦虑。对于情节和场景，他只有微弱和含混的印象。可他感受到了些别的。他问自己，我正梦着还是醒着？他把手放在眼睛上，那里冰凉，而特纳继续读着，一场接一场。

剧本写一个叫劳拉·冯·斯替尔勒的年轻太太，她和一位著名而富有的历史学家和哲学家结婚。他在韦姆兰拥有一座城堡。那是第一幕。可她不爱他，她爱一位年轻官员，官员不喜欢自己杀人般的职业，觉得自己真正的使命是当作家……也提及她的父亲。一个有世界声誉的画家，他的画占据了卢森堡画廊的一面墙……他是剧作者的代言人。

"我想过，"特纳自己打断了朗读，"我得试着找费雷德瑞克松扮演那角色。"

"他一定会高兴。"亨瑞克·瑞斯勒说。

图勒·特纳继续读下去。

阿维德陷在沙发角落里。这里那里他能捡起一些听来熟悉的细节，一个他辨认得出的应答……"劳拉（对她丈夫）说，你想知道真相吗？丈夫，居高临下地说，我对真相不感兴趣。真相是有害的，幻觉和妄想是世上伟大的一切的动力。"……而在劳拉和她的年轻情人的一场戏里，"我如今知道，阿瑟，如今，当一切恐怕太迟，我们俩属于彼此！"……他还发现，劳拉有两个兄弟，一个是上诉法官，在剧中代表狭隘的布尔乔亚道德，另一个，在最后一幕带着巨款从美国回来，解决了冲突……

特纳读完了，一片短暂的沉默。

亨瑞克·瑞斯勒打破沉默。

"嗯，特纳先生，"他说，"在我看来，你是有才能的。可说到底，对一个没写完的剧本，又能说些什么呢？你刚才给我们读的就只是个草稿。"

"没错，"特纳说，"这我一开始就说明了，可你们对剧里的冲突本身怎么看？"

"哎呀，一个能用钱解决的冲突，当然，生活中有很多这样的冲突。但要在戏剧里将它们弄得有趣不那么容易。我要是斗胆再提一个意见，那就是，您的劳拉太太有些不真实，有些出于编造。不怎么能让人相信。不过，这会儿我得走了。谢谢你的朗读。再见。"

瑞斯勒走了。

图勒·特纳以长长的步子丈量起地板。

"白痴！"他咬牙切齿地咕哝，"不真实！编造！他自己才是！事实上，我是根据一个真实原型写出来的，不过这只在我俩之间说说，"他继续说着，转向阿维德，"别问我她叫什么，男人不能出卖一位女士。"

"不，"阿维德说，"男人不这么做。我也没想过要问她的名字。"

特纳似乎心不在焉地补充道：

"我跟她的关系有半年了。如今已差不多结束了。不过今夏我们可能一起去挪威旅行。"

阿维德拿手遮住眼睛，就好像有光线刺痛了他。

"什么,已差不多结束了……"

"嗯,知道吗,大哥,"图勒·特纳说,"男人得小心别给拴住!男人至少得先活上一把!此外,现实中,她比剧本里还要大五六岁……可你这是怎么了,你看起来脸色不好。振作起来,老男孩!干杯!"

"是,"阿维德回答,"我确实不舒服。不过,会过去的。"

"那么,晚安……"

"男人至少得先活上一把!"

"男人得小心别给拴住!"

一段记忆涌上心头,一段阴影记忆,一段记忆的鬼魂。他看见自己。自己戴着学生帽,一个夏夜,在一条船上,很久很久以前。

第二天早晨10点，他按响了莉迪亚的门铃。她打开门让他进了屋。

"瞧你这模样，"她说，"怎么了？出了什么事吗？"

他没刮胡子，脸色阴沉。他已在街上徘徊了大半夜。

"嗯，"他说，"某种程度上。"

她请他坐下。

"怎么了？"她说，"出了什么事？"

他双手捧着头坐了很久，一直沉默。

"怎么了，阿维德，你不能开口吗？"

"我试试看，"他说，"我碰巧听说你打算今夏去挪威小旅行。"

她站在那里仿佛石化了。来得太过突然，她都没想到要否认。

"你听谁说的？"她问。

"我还能从不止一个人那里听说吗？"

她沉默地站着，困惑着。终于她说：

"哦，阿维德，别折磨人了！告诉我发生了什么！"

他告诉了她，到最后，他补充道：

"我不能说我在他的劳拉里认出了你，不会有两个人完全以同样的眼睛看第三个人。不过我能认出你和你的生活的全部框架。"

她垂着头、手放在背后来回走动。长长的睫毛遮住了她的眼睛。

"他真是说和我有半年的关系？"

"他没说你的名字,他是个周到的年轻人。"

"我确实认识图勒·特纳先生,"她说,"我不知道为何我以前没跟你提起,不过,我跟他没有什么关系。"

阿维德努力笑了笑。

"要真是那样,"他说,"假以时日,图勒·特纳会是个真正了不得的作家,如果他可以坚持……"

她走近他,深深地看着他的眼睛。

"阿维德,"她说,"你不相信我?"

他避开她的眼睛,似乎这么做就可以避免她说谎……

"当然,当然,"他说,"我当然信你……"

他发现这情形要求他信她。不然就太尴尬了。

"要是我这会儿告诉你全部真相,"她说,"就是我们确实接了一次吻,就这些。这么说,这就成了他的全部剧本了。"

"是的,"他说,"我刚才说过,假以时日,他会是个真正了不得的作家!"

"哦,"她耸耸肩说,"我们别再为这个图勒·特纳先生烦心了!他可不能拿来当真,甚至都不能对他恼火。可你看上去那么疲惫、那么憔悴,阿维德,到沙发上躺下歇一会儿,要是你愿意,我给你弹几曲。"

他半合着眼睛躺下。她弹奏了《悲怆奏鸣曲》。

他随手抓起桌上搁着的一本书。那是斯特林堡的《大路》,书页在这一处打开着:作者让一副雾蒙蒙的眼镜见证了一个男人"经常哭,却是偷偷地"。

她结束了弹奏。她走到他身边,把自己冰凉的手放在他额头上。

"你怎么这么热?"她说。

"我来的时候,你正坐在这里读这本书吗?"他问。

"是的。我在报上读到他快死了。我便从书架上拿下这本书来,我那么喜欢这一段。"

"没错,确实也美。可归根结底,也不能说偷偷哭泣是斯特林堡的特点。相反,他一生都异常大声而公开地尖叫和哀号。毫无疑问,这总有点用,也许很管用。"

他站起身来:"现在,我想我得说再见了。"

"阿维德,"她说,"我想你自己已意识到了,我们之间还像以前那样是不行了。可如果你对我还有些在意,如果你不想失去我,那么……嗯,那么你可以走过这全部的过程,离婚,而后是新的婚姻和一切。像以前那样,是不行了。"

他无言以对。这些年来,她这是第一次提及婚姻。

终于,他能开口了。

"亲爱的莉迪亚,我很快将离开这里,而且我会离开很久。昨天,独自进晚餐之后,我坐在英国饭店时,我完全而确实地决定请求你跟我一起走,眼下,永远。可打那以后,一片月亮是落下来了。你自己真以为眼下是谈论婚嫁的好时机吗?在我昨晚所经历的一切之后?"

她避开他的目光。她在沉默中站了很久。

"好吧,"最终,她开了口,似乎是说给自己听,"嗯,那么我也没什么能拯救自己于……"

仿佛在梦里,他记起她以前说过同样的话,很多年前的某个时候……

"你什么时候走?"她问。

"再过一个礼拜的样子。"

"所以……嗯,那么再见了……"

"再见。"

几天后,一封来自莉迪亚的信落在报社里他的办公桌上。

阿维德

忘了我上次跟你说的吧,关于离婚和结婚。你跟我说了那些之后,我糊涂了,不明白自己在说什么。

我这方面,希望你能保住你的妻子。我已做出选择。

我爱他——从没有这么爱过!

莉迪亚

他把信揉成一团,走出去,扔进了厕所。

从街道斜对面一扇打开的窗户那儿,他听到留声机的声音,播放着:"与你,更亲近,我主!"

阿维德·宣波罗姆总算在自己家里找到了几日安宁……他给自己的大舅子、牧师兰德尔写了信，在过去几年里，哈罗德·兰德尔在斯德哥尔摩以北几十公里外有座牧师宅邸，他请求大舅子邀达格玛和女孩子们上那儿住上几天。他接到一个友好的回复，也确实成功劝说达格玛到那里去。他利用这个缓冲为自己的旅行做准备。他解除了公寓合同。他和栋科达成协议，成为报社的旅行记者。他在熟人中委托了一名律师处理离婚事宜，也好劝说达格玛同意。他没有丝毫愿望要和达格玛继续生活下去，在他和莉迪亚决裂之后，达格玛反而更让他难以忍受。他从外交部申请了护照。他收拾了行李。除了自己的衣服和洗漱用品，他只带了几本书。

一道苍白的下午阳光打在书架上，阿维德站在那里，时不时拿下一本书来翻阅。亲爱的老相识、老朋友们。哦，上帝，老恩斯特·弗里德里希·里希特……《和谐手册》，第二十版，莱比锡1894年……有贝尔曼、利德纳、特格纳、斯塔格涅柳斯以及斯特林堡，长长一列。有乌洛夫·莱维尼最后一本诗集，乌洛夫友好赠予的，就在去世前一年。还有亨瑞克·瑞斯勒的《一个青年的生活》。阿维德翻阅着，在靠近结尾的一段停了下来："如果某一天，真正的春天的太阳进入我的生活，那我可能会迅速腐烂，因为不习惯那样的气候。"哦，不，我的好瑞斯勒，阿维德想，你不会的。你应该是更强的一族。

他装下了贝尔曼、海涅和一册老旧的普鲁塔克法语译本。他把海涅的《歌集》放进小手提包里。他读这本书是很久之前的事了。他想在火车上重读。《圣经》也让他带上了。

他打算乘坐次日早上的火车。已写了短短几行字通知莉迪亚，这样，她就无须再写什么信到他的旧地址了。

他出了门。

又一次、最后一次，他的脚步将他带到约翰内斯墓园。再一次地，他站在乔治·卡尔·冯·德贝恩的墓碑前，拼读那三个字眼：荣誉·职责·意愿。

当他站在那里，盯着那三个高贵却开始褪色的镀金字眼时，想起J.P.雅各布松的三行诗：

> 发光的夜！
> 意愿是你柔软的手上的蜡，
> 而忠诚是你呼吸下的一根芦苇……

他想起莉迪亚的最后一封信："从没有这么爱过。"
"从没有这么爱过。"
美妙的字眼，迷人的字眼，若在合适的时机对着相关的人轻声吐露。肮脏的字眼，无耻的字眼——若在分手的一刻向那离去的人唾去。

* * *

剩下的唯一一件事就是和麦克尔道别。麦克尔甚至还不知道他要离开。

他前往《每日邮报》。在皇后街和科尔多瓦皮革师街的街角，他和图勒·特纳交换了一个快速的点头。

他在《每日邮报》办公室遇到了麦克尔。

"那么,你要去旅行?"麦克尔说,"你做得对,实在不算太早。"

他手里正拿着一份电报:

"眼下意大利人似乎在的黎波里又给痛打了一顿。我们生活在一个好战的时代,兄弟。'奸淫,奸淫,还是战争和奸淫!没别的能成为时髦。'莎士比亚这么说。今天仍然适用!好吧,再见,男孩儿!碰上了我们就能再见!"

他在窗口买票。当他拿了票转过身来,看见莉迪亚站在那里。突然,他觉得她穿戴得就跟要去旅行似的。在几百万分之一秒的瞬间,一个疯狂的念头飞进他脑袋:她想跟他走,现在,永远。

"我想跟你说再见,"她说,"也想给你我送的小念想。"

她递给他一个小包裹。

"只是个小东西,"她说,"小东西,也许你偶尔能派上用场,而后,也许可以想起我来。"

"谢谢,"他说,"再见。"

他把那小小的、小小的包裹塞进衣服口袋,走到站台,登上了南下的特快列车。

而火车滚动,滚动,朝着南方。

他陷在自己包厢的一角。走过车厢的走廊时,碰巧在一个瞬间看见镜中的自己。他想:我37岁了,而我看起来像50岁。

他继续想到:

尽管如此,我还是想看看是否有更大的世界存在,一个"维罗纳"之外的世界[1]。我记得有一次我有过这样的感受……可也许我给关在维纳斯山[2]太久,无法在世上生存。

---

[1] 出自莎士比亚戏剧《罗密欧与朱丽叶》第三幕,神父劝说罗密欧离开维罗纳,外头是一个更大的世界。

[2] 暗示中世纪的唐豪瑟传说。海涅以及瓦格纳对此都有艺术呈现。

如今恐怕是太迟了。

而后他想：

这实在是她的一个可恶习惯，总在他的朋友和相识里挑自己的情人……四年前那个可怕的秋天之后，那时她写信给我，"你不在的时候，我属于另一个男人"，我盲目相信了她的坦率。而眼下，这也仅仅是坦率吗？说到底，这难道不是一种有些可怕的欲望吗，想看我怎么接受？一份有些残酷的好奇，想看我能忍受多少鞭笞？

他想甩开所有这些可怕的想法，他觉得它们已咬噬和腐蚀了他一百年。他从小旅行包里拿出海涅的《歌集》。

他随意打开一页阅读：

  在我极其阴暗的生活里，
  一度闪耀过明媚的景象。
  而今，当这景象消退
  夜将我完全吞没。

  在黑暗中移动的孩子
  感到忐忑不安
  为把恐惧赶走
  他们高声歌唱

  我，一个疯狂的孩子
  如今在黑暗中歌唱
  这歌并不动听
  仍带走我的烦忧。

没错，他想，诗人们的日子好过。他们总能在几乎每一件事上找到安慰。如果它涉及一个完全被摧毁、被烧毁和被忽视的生命，他们也能从中找到安慰。他们有能力表达自己苦难的绝望，也正是从那里他们找到了自己的安慰。可一个普通的罪人该怎么办呢？

他立刻想起莉迪亚送的临别礼物。一个小小的念想。那会是什么呢？

他从口袋里掏出那小包裹，打开包装。这是一把带珍珠贝母柄的折叠小刀。

至少，她不迷信，他想。

因为有个古老的民间信仰，他从儿时就记得很清楚，绝不可以送一把刀给某个你关心或看重的人。那会引发仇恨和敌意。

不过他把小刀塞进了背心口袋。

并且他想：

"这会儿，她也许正走在动物园岛的一条小路上去见他吧。太阳照耀。她在一个弯道处停下，跟他说话，她的眼睛往下看着，就在长长的睫毛下：不久之前，我遇到了那个我以前爱过的他。我实在无法理解，我怎么会爱过他的。"

……而车轮滚动……

译后记

距第一次翻译雅尔玛尔·瑟德尔贝里转瞬已十年，瑟德尔贝里《格拉斯医生》中文版是我的文学翻译处女作。那一次翻译纯属自发的爱好，小说文本有一股力量紧紧拽住我，不肯放我走——它还从没有中译本。我的译本得到著名翻译家、瑞典学院院士马悦然教授的充分肯定。那时我和马教授素昧平生，他老人家却跟我要去全部译稿，一字一字审读，读完不吝赞美、欣然作序。从此我也在写作之余开始了自觉的文学翻译工作。

2014年，著名作家阎连科先生对媒体说："瑞典作家瑟德尔贝里的《格拉斯医生》，这是一部写于120年前的小说，但它语言的细腻、明快和内容的'情绪流'、现代性，直到今天我们也没有达到。"不久我才明白是著名翻译家陈安娜女士给阎连科先生带去了我的《格拉斯医生》译本。后来他俩都多次询问，我是否还有意愿再译瑟德尔贝里。"当然，我有。"我想，却也不能很大声地说出来。瑟德尔贝里协会前主席尼尔斯·舍斯特兰德曾乐呵呵地跟我透露，协会里瑟德尔贝里的铁粉分为两派，将《格拉斯医生》排第一的，将《严肃的游戏》排第一的，一半一半。我当然希望把这两部代表作都译成中文，尽管，瑟德尔贝里的佳作不止这两本。世事需努力，可也不得不随缘。这些年里，我意识到出版是作者和译者能力范围之外的事，也意识到自己无权将一己的爱好强加于其他读者，无论主观上分享文学的心思有多纯粹。世界是飞速向前的，是摩登的、超现实的，毕竟北欧文学对于多数人疲惫的日常生活而言确实没有用、不相干。

近年来，著名的北欧文学学者和翻译家石琴娥前辈主编"北欧文学译丛"系列。提到北欧文学，自然无法绕过瑟德尔贝里，于是有了翻译他的另一部代表作《严肃的游戏》的机会。这很让我感慨，也欣喜于瑟德尔贝里和中国读者到底还是有缘。感谢石琴娥老师促成了这缘分！

关于小说本身，译序里已有很多分析，唯一想再提请注意的是，不宜将它看成情感，尤其是婚外情故事。如果一定要说情感，不如说宁可看到情感的破碎，那也是青春和信仰的破碎，和世界图景的破碎相关，也关乎那些以为十分肯定而分明的一切如何从有到无、依然让人恋恋难舍却不得不抛弃的。作家本人给这部小说画过一幅素描：燃烧中的神殿，几根柱子上的火和烟。黑白的涂鸦不甚分明，倒也让人联想到火车头，男主人公南下时那辆列车的车头。神殿的烈火也好，蒸汽机时代火车头的浓烟也罢，都透露着激情和混乱，有不由分说的生命动感，像是活着，像是挣扎，像是涅槃。严肃和游戏是相悖的，珍藏和破碎也是。男欢女爱不过是更大的生命画卷的局部。一切都滚滚向前，唯人间真情让人感恩。因此我也要在此感谢我的挚友，在上海的殷健灵、马青锋，在北京的王杨、宋阿曼，在法国勃艮第的张雯珏，在美国北卡罗来纳的王芳，她们距我那么遥远又那么接近，在这三年相对郁闷和停滞的世界光阴里，她们的存在构筑了我的书写加油站。

必须郑重感谢瑞典雍松文化基金会（Helge Ax : son Johnsons stiftelse），我已不止一次得到该基金会的奖金。该基金会要求成果汇报，但其实从不要求任何形式的鸣谢。

但我很想简单介绍一下一个人的生平。黑尔格·雍松生于1878年，是一个瑞典贸易商和船主的次子。他曾在斯德哥尔摩学习贸易，在父亲的公司工作，赴英国赫尔学习采矿等，回国后做了父亲公司的合伙人，进而自己创业，成为一名出色的实业家、收藏家、园林管理员等。他终生未婚、无子女，1941年离世。遗嘱捐出所有家产，除了给海难救生协会、红十字会等机构，也成立了基金会，支持文学、科学、音乐等领域的各项研究。

黑尔格·雍松算得上瑟德尔贝里的同龄人。黑尔格·雍松这样的名字如北国寒冬壁炉里的一团火焰，温暖人，提醒人一种已日渐风化的信仰，对文化、对文学乃至对世界的信仰的存在。它也如和风里的细雨，滋润着很多人的心田，滋润着文化土壤。想到这一类灵魂的存在，让人觉得也许这样的灵魂多少支撑着世界的图像，让它不致彻底崩碎。

最后，我也要感谢瑞典文化部艺术委员会以及本书的编校等工作人员。

王晔

2022 年 12 月 2 日

写于瑞典马尔默

"北欧文学译丛"已出版书目

(按出版顺序依次列出)

［挪威］《神秘》(克努特·汉姆生 著 石琴娥 译)

［丹麦］《慢性天真》(克劳斯·里夫比耶 著 王宇辰 于琦 译)

［瑞典］《屋顶上星光闪烁》(乔安娜·瑟戴尔 著 王梦达 译)

［丹麦］《关于同一个男人简单生活的想象》(海勒·海勒 著 郄旌辰 译)

［冰岛］《夜逝之时》(弗丽达·奥·西古尔达多蒂尔 著 张欣彧 译)

［丹麦］《短工》(汉斯·基尔克 著 周永铭 译)

［挪威］《在我焚毁之前》(高乌特·海伊沃尔 著 邹雯燕 译)

［丹麦］《童年的街道》(图凡·狄特莱夫森 著 周一云 译)

［挪威］《冰宫》(塔尔耶·韦索斯 著 张莹冰 译)

［丹麦］《国王之败》(约翰纳斯·威尔海姆·延森 著 京不特 译)

［瑞典］《把孩子抱回家》(希拉·瑙曼 著 徐昕 译)

［瑞典］《独自绽放》(奥萨·林德堡 著 王梦达 译)

［芬兰］《最后的旅程：芬兰短篇小说选集》(阿历克西斯·基维 明娜·康特 等著 余志远 译)

［丹麦］《第七带》(斯文·欧·麦森 著 郗旌辰 译)

［挪威］《神之子》(拉斯·彼得·斯维恩 著 邹雯燕 译)

［芬兰］《牧师的女儿》(尤哈尼·阿霍 著 倪晓京 译)

［瑞典］《幸运派尔的旅行》(奥古斯特·斯特林堡 著 张可 译)

［芬兰］《四道口》(汤米·基诺宁 著 李颖 王紫轩 覃芝榕 译)

［瑞典］《荨麻开花》(哈里·马丁松 著 斯文 石琴娥 译)

［丹麦］《露卡》(耶斯·克里斯汀·格鲁达尔 著 任智群 译)

［瑞典］《在遥远的礁岛链上》(奥古斯特·斯特林堡 著 王晔 译)

［挪威］《珍妮的春天》(西格里德·温塞特 著 张莹冰 译)

［瑞典］《萤火虫的爱情》(伊瓦尔·洛-约翰松 著 石琴娥 译)

［瑞典］《严肃的游戏》(雅尔玛尔·瑟德尔贝里 著 王晔 译)